그럴 땐
바로 토끼시죠

그럴 땐
바로 토끼시죠

지수 쓰고 그리다

카멜북스

프롤로그

지난가을 엄마가 돌아가셨다. 지병이 있던 것도, 사고가 난 것도 아니었다. 돌연 집 전체가 정전된 것처럼 순식간에, 갑작스럽게 벌어진 일이었다. 한국에 있던 나는 엄마가 위급하다는 청천벽력 같은 소식을 듣고 바로 비행기 표를 끊어 엄마가 계신 밴쿠버로 향했다. 도착했을 때는 이미 빈소가 차려져 있었으니, 투병 기간이 한나절도 채 되지 않았던 셈이다.

모르긴 몰라도 무척 두려웠을 마지막 순간까지 엄마는 남겨질 사람을 걱정했을 것이다. 독립하면 좀 덜 염려하지 않을까 싶었는데, 엄마는 한국에서 혼자 사는 딸 걱정에 새벽부터 잠에서 깨는 날이 잦았다. 밥 벌어먹기 힘든 길로 자꾸만 걸어 들어가는 나를, 강가에 내놓은 아기 보듯 애타게 바라봤다. 어디선가 우리 소식을 들을 수 있다면 엄마는 아마 막내딸이 스스로의 몫을 하고 있는지를 제일 궁금해할 것 같다.

대학 졸업 후에 바로 시집가는 게 당연하던 시절, 엄마는 국비 장학생으로 미국 유학까지 다녀온 인재였다. 자식 둘을 낳은 뒤에는 아이 기르는 일에 전념했지만 말이다. 그래서인지 아기를 낳고도 직장으로 복귀하기 좋은 의사나 변호사가 되라는 말을 습관처럼 하셨다. 나는 그때마다 거품을 물고 싫다고 했다. 진작에 싫다고 한 것을 왜 자꾸만 얘기하냐며 이해할 수 없다고 했지만, 자신을 꼭 닮은 딸이 자기와 같은 삶을 반복하지 않기를 바란 것을 나는 알고 있었다.

마지막 연락은 큰일이 있기 하루 전이었다. 그날은 유난히 마음이 잘 통했다. 엄마는 너무 골치 아프게 살지 말고, 하고 싶은 것, 잘 맞는 것을 찾으라고 했다. 엄마에게는 유언할 기회가 주어지지 않았지만, 하늘이 우리에게 작별할 시간을 허락했더라면 눈을 감기 전에도 그와 비슷한 말을 해 주지 않았을까 싶다.

나의 첫 책에 무슨 이야기를 담아야 할지는 오래 고민하지 않아도 됐다. 어떻게 '골치 아프지 않게', '하고 싶은 것을 하면서' 살 것인지, 엄마가 마지막으로 남긴 이야기에 답해야만 했다.

엄마가 어디에선가 이 책을 읽게 된다면 끝내 안심하리라 믿는다.

제 얘기
들어보실래요?

차 례

STEP 1. 도망칠 준비 되셨나요?

STEP 2. 일단 뛰고 보는 거지

STEP 3. 지금 필요한 건, 호흡

STEP 4. 나의 페이스메이커들에게

STEP 5. 발길 닿는 곳 어디든

치열한 점심식사였어..
후식은 뭐 먹을래?
아?

우리는 있는 그대로 소중하다
작아도
발이
까매도
소심해도
좀 느려도

취향은 참 한결같아서
너와는 백 번도
사랑에 빠질 수 있어!

나 왔어!
기다렸어
난 언제나
네 편이야
난
네거야
…

이겨내!
이길 수 있어!
?
?
...질래..
난 그냥
안싸울래

STEP 1

도망칠 준비 되셨나요?

그럴 땐 바로 토끼시죠

자기만의 길

삶의 주된 풍경은 계속 변한다. 집이었다가, 학교였다가, 직장이었다가. 한때 당연했던 기억 속 풍경이 이제는 생경하기도 하다. 그 땅을 딛고 있었던 순간이 실재하기는 했었나 싶을 만큼 낯설다.

같은 풍경을 공유하던 사람들과 어느새 서로 다른 장소에 놓여 있음을 깨달았을 때는 기분이 더 묘해진다. 학교에서 얼추 비슷한 공부를 하던 친구들이 지금은 각자의 위치에서 1인분의 몫을 하는 사회 초년생이 되었다. 어떤 이는 매일 숫자를 보고, 어떤 이는 매일 화장품을 본다. 하루 종일 약 냄새를 맡기도 하고, 영향력 있는 사람을 만나는 일을 하는 친구도 있다. 주로 글을 쓰는 사람도 있고, 주로 말을 하는 사람도 있다.

함께 길을 걷던 어느 날 갈림길이 나타났다. 우리는 각자 다른 방향을 택했다. 처음 길이 갈리고 어느 길을 걸을지 택하던 그때만 해도 풍경은 크게 다르지 않았다. 그러나 한 걸음 두 걸음 더 걸을수록 눈앞에 완전히 다른 광경이 나타나기 시작한다. 인생에는 그런 선택의 순간이 수도 없이 나타난다.

그간 몇 차례 중요한 선택을 했고,
그 선택들은 나를 각기 다른 곳으로 인도했다.
이 길이 아닌 다른 길을 택했다면 내 삶의 풍경이 지금쯤 어떻게 되었을까 궁금했던 적도 있고,

친구의 풍경을 내심 부러워한 적도 있다.
그렇지만 다른 사람의 길을 나도 걷고 싶으냐 묻는다면,
그에 대한 대답은 번번이 '아니요!'였다.

어느 길이 어떤 풍경으로 이어지는지 알게 된 지금, 다시 그 갈림길 앞에 서게 된다 하더라도 나는 지금 내가 걷고 있는 이 길을 택할 것이다.

경기장 밖은 위험해?

'성취하는 사람'이 정체성이었던 지난 10년. 바라는 것을 손에 넣어 보았다. 화려한 성적표나 대학 간판 같은 것 말이다. 그토록 원하던 게 사실 공허하다는 걸 머지않아 깨닫게 되었지만, 꿈꾸고 노력한 시간은 헛되지 않았다. 그 시간 끝에 받은 가장 값진 선물은 졸업장도, 으스대기 자유이용권도 아니었다. 내가 마침내 얻은 것은 바로 '근거 없는 낙천성'이다. 꿈을 크게 내질러도 결국에는 잘 되리라는 자신감 말이다.

그러나 쉼 없이 치열했던 지난 몇 년의 일상은 지울 수 없는 자국을 남겼다. 의식하지 못한 사이에, 인생에 성취 이외의 무언가가 들어오는 걸 못 견디는 사람이 되어 있었다. 노력에는 분명한 목표가 있어야 했고 그럴듯한 명분 없이는 마음이 불안해 쉬지 못했다. 평범한 일상처럼 보이는 행위들, 가령 소설책 읽는 것도, 친구와 수다 떨며 스트레스 푸는 것도, 한숨 자는 것도 무언가를 이루기 위해서만 했다.

그렇게 경주마처럼 사는 건 단순하다. 성취를 위한 일을 할 때 스스로 대견해하고 그 이외의 활동을 자제해 냈음을 뿌듯해하면 된다. 그런 삶이 재미없었느냐 묻는다면 그렇기만 한 것도 아니었다. 권태로울 즈음 찾아오는 크고 작은 성취의 쾌감은 다음 목표를 향해 달릴 이유가 되고도 남았다.

경기장에서는 모두가 누군가 만들어 놓은 트랙을 넘고 달린다. 기어이 결승선에 제일 먼저 들어가는 말은 그 경기 최고의 말이 된다. 경주마가 눈가리개를 끼고 본 세상은 모든 게 스튜디오처럼 정돈되어 있다. 잘 정비된 트랙, 출발선에 일렬로 선 경쟁마들. 경기장에서는 한치의 오차도 용납되지 않는다.

그러다 어쩌다 눈가리개 밖의 세상을 보게 되면 그때부터 비극이 시작된다. 흐드러진 꽃, 들쭉날쭉하게 자란 잡초, 내리쬐는 햇빛과 그 아래 몇 시간이고 누워서 선탠하는 사람들. 경기장 논리로는 유혹이나 오차일 뿐인 것이 경기장 밖에서는 가장 아름다운 순간이 되기도 한다. 잘 닦인 경기장에서 촌각을 다투며 눈앞에 놓인 허들을 넘는 것은 세상의 일부였을지언정 결코 전부는 아니었던 것이다. 경주마로 살 때는 세상이 오직 경기장뿐인 줄로만 알았는데 말이다.

눈가리개를 벗은 경주마가 돌연 트랙을 벗어나 날뛰고, 허들을 걷어차고, 잔디에 주저앉아 뒹군다면 어떻게 될까? 도무지 용납되지 않는, 그간 금기시되었던 것을 해 버리는 거다. 그 말은 곧 실패한 경주마로 낙인 찍힐 게 틀림없다. 당분간은 어떤 이에게 실망감을 안겨 주고, 누군가의 분노를 살 테지. 한두 번 더 날뛰면 이내 경주마 취급도 못 받게 될 것이다. 경주마에게만 지급되는 영양가 높은 사료나 상시 대기하며 관리해 주던 전담 수의사는 곧 다른 세상 이야기처럼 사라진다.

그렇지만 누가 아나.

혹독한 관리와 감시에서 벗어나 비로소 '경주마'가 아닌 '말'로서 살아가게 될지. 그게 사실은 더 자연스러운 모습일지!

그제야 말은 깨달을 것이다. 사는 게 단지 달리기 위해서만이 아니었음을. 밥 먹고, 쉬고, 꿈꾸고, 건강하게 살아가는 것 그 자체로도 의미 있고, 즐거울 수 있음을. 경기장에서 조금만 고개를 돌려도 삶의 소중한 조각 하나를 찾을 수 있음을.

삶에 경주가 하나도 없지는 않을 것이다. 여전히 그게 인생에서 제일 중요한 부분이라고 여길 수도 있다. 그렇더라도 세상이 성취로만 이루어지지 않았다는 것을 잊지 않아야 한다. 성취와 관계없는 순간도 충분히 음미할 줄 아는 것이야말로 '경주마'이기 이전에 '말'로서 살아갈 방법이다.

그러니 가끔은 거침없이 트랙을 벗어나 날뛰고, 허들을 걷어차고, 잔디에 주저앉아 뒹굴어 보자. 햇볕 좋은 날에는 밖에 나와 한 시간이고 두 시간이고 누워 있자. 그 순간을 여유롭게 만끽할 수 있을 때 비로소 자연스럽게 살고 있음을 느낄 것이다.

내 손을 떠난 일

공으로 하는 운동 중에는 자신 있는 게 없다. 그중 볼링은 무겁기까지 한 공을 정확하게 한 곳으로 굴려야 하니 정말 안 맞는다. 하필이면 볼링을 유난히 좋아하는 모임이 있어서 해마다 두세 번 이상은 볼링장에 갈 일이 생긴다. 편을 나눠서 볼링장 비용 내기를 하는데, 제일 못하는 나는 늘 제일 잘하는 사람과 묶인다.

볼링 고수는 공이 손에서 떨어지는 순간에 이미 핀이 몇 개나 넘어갈지 안다고 한다. 반면 나는 끝까지 눈으로 봐야 된다. 공을 던질 때까지도 우물쭈물하면서 긴장하지만, 공이 손에서 벗어나고부터 진짜 긴장이 시작된다. 적어도 도랑에 빠지지는 말아 달라고 공에게 빌기 시작한다. 공이 사선으로 굴러갈 때는 공이 가 줘야 할 바른 경로를 온몸으로 배배 꼬며 표현하면서, 다시 휘어져 중앙으로 가 주기를 염원한다. 마치 주술이라도 걸듯이 공에게 에너지를 보낸다.

그 에너지가 공에 닿을 리는 만무하다. 공이 내 손을 떠난 순간 이미 몇 개의 핀이 넘어갈지는 정해졌을 것이니, 마지막까지 팔을 휘휘 저으면서 가뜩이나 없는 체력을 낭비할 필요는 없다. 물론 내기는 어느 정도 집착하는 재미가 있고, 내 행위예술이 사람들에게 웃음을 주니 아주 의미 없는 몸짓은 아니다.

볼링 내기할 때만 그러면 좋으련만 나는 평소에도 내 손을 떠난 일에 시간과 정신을 쏟곤 한다. 할 수 있는 게 아무것도 없어졌을 때 오히려 더 악착같이 집착할 때도 있다. 볼링공을 던져 놓고 허공에다 대고 허우적거리는 것처럼 말이다. 어떤 일이든 내가 통제할 수 있는 부분이 있는가 하면, 어쩔 수 없는 부분도 있다. 둘을 구분할 줄 알아야 한다. 할 수 있는 것은 최대한 해야겠지만 애초에 어찌할 수 없는 부분을 두고 스트레스 받는 것은 실상 아무 도움이 안 된다.

머리로는 잘 알고 있는데도 자꾸만 연연한다. 최선을 다했으면 마음을 놓을 법도 한데, 그럴수록 더 집착하게 된다는 게 문제다. 그렇지만 아무리 집착한들 변하는 건 없다. 아, 달라지는 게 딱 하나 있으니 바로 내 건강이다. 집착은 사람을 빠르게 황폐하게 만든다. 한 가지 생각이 머릿속을 가득 메우면 편안한 감정이 들어올 틈이 없다. 눈을 감고 심호흡하는 몇 분이 필요할 때, 집착은 숨을 가빠지게 할 뿐이다.

친구에 대한 집착, 애인에 대한 집착, 일에 대한 집착 등은 사실 무서울 만큼 자연스럽게 일어난다. 머릿속에 한 가지 생각이 자리 잡고 떠날 기미가 보이지 않으면 '잠깐!'을 외쳐야 한다. 잡념이 나를 송두리째 잡아먹기 전에. 그리고 차분히 '할 수 있는 것'과 '어쩔 수 없는 것'을 구분해 본다. 통제할 수 없는 부분은 그냥 잘 되리라 믿는 편이 최선이다.

내 몫을 다 했다면 나머지는 하늘의 몫이다.
내가 아니라 하늘이 책임감을 가지고 힘을 내줄 차례다.
최선을 다하되, 마음은 편하게 먹자.

손을 떠난 볼링공은 이제 그만 내버려 두자. 알아서 잘 갈 거다.

완벽하지 않아도 괜찮아

제일 좋아하는 드라마 작가를 꼽으라면 망설이지 않고 노희경 작가를 들 것이다. 그의 새 드라마가 나온다는 소식을 들으면 설레는 마음으로 달력에 하트 표시까지 해 둔다.

지금은 사랑해 마지않는 노희경표 드라마와의 첫 만남은 사실 좋은 기억이 아니다. 친구가 '인생 드라마'라고 추천해서 보기 시작했는데, 초반부터 어쩐지 보기가 불편했고, 몇 화 넘어가니 괴롭기까지 해서 놀란 마음에 황급히 꺼 버렸다.

당시까지만 해도 즐겨 보던 드라마들에는 판타지를 충족시켜주는 요소가 하나씩은 꼭 있었다. 드라마 속 완벽한 주인공과 사랑에 빠질 수 있었기 때문에 쉴 틈 없이 열 몇 시간을 기꺼이 들일 수 있었다. 그런데 그 드라마에는 완벽한 사람이 단 한 명도 없었다. 주연, 조연 할 것 없이 모두 흠 많고 상처투성이이다. 기대했던 '드라마'가 아니라 '현실'을 보는 것 같아서 그토록 낯설었던 것이다. 답답하고 외면하고 싶었다. 현실이 그런 것처럼. 그러니 보다가 끄는 것도 무리가 아니었다.

몇 년 뒤 보게 된 〈괜찮아, 사랑이야〉는 그의 작품에 푹 빠지게 된 결정적인 계기였는데, 극 중 어떤 인물이 아니라 드라마 전체와 사랑에 빠지게 되는 새로운 경험을 했다. 이 드라마는 대놓고 상처에 관해 이야기한다. 정신과 병원이 주된 배경이니, 사연 많은 사람이 자연스럽게 한가득 등장한다. 추리소설 작가인 장재열은 어린 시절 아버지에게 폭행 당한 기억 때문에 화장실에서만 편히 잘 수 있고, 정신과 의사인 지해수는 엄마의 불륜을 목격한 뒤 불안장애와 관계기피증을 앓는다. 통상 환자와 의사가 구분되는 것과 달리, 이 드라마에서는 환자고, 보호자고, 의사고 할 것 없이 모두 저마다의 크고 작은 상처를 가지고 있다. 보통의 우리들처럼.

흔히들 마음에 상처가 있는 사람들을 두고 '툭툭 털고 이겨내지 못하는 건 그가 나약한 탓이야!'라고 넘겨짚곤 한다. 마음에 난 상처나 몸에 난 상처나 다를 게 없는데, 감기에는 약을 잘만 챙겨 먹는 사람도 마음의 병에는 유독 야박하다. 남의 상처를 '정상', '비정상' 구분해 가면서 이상한 눈으로 쳐다보고, 정작 자기 상처는 모르는 척 외면한다. 그렇게 덮어 둔 상처는 아물지 않고 계속 덧난다.

타인이 아픈 게 그 사람이 어딘가 이상해서가 아니고,
마찬가지로 내가 아픈 것도 나의 나약함 때문이 아니다.

극 중 인물들도 처음에는 자기를 방어하고 타인을 공격하기 바쁘지만, 점점 타인의 상처에 관대해지면서 자신의 아픔에도 유연해진다. 그리고 그제야 자신의 상처를 두려워하지 않고 마주할 용기를 얻는다.

누구나 처음 살아 보는 인생이니, 사람은 늘 서툴 수밖에 없다. 상처도 흠도 사연도 당연한 것이니, 탓하지 말고 보듬어 보는 건 어떨까. 완벽하지 않아도 괜찮다. 모두 그렇기 마련이니까.

끌리고 있다면

살다 보면 종종 운명의 여신과 마주친다. 운명이 모두 정해져 있고, 인간이 그 앞에 무력하다고 생각하려는 것은 아니다. 운명을 탓하며 체념하기보다는, '그럼에도'라는 희망을 가지고 살고 싶다. 이 글만 해도 그렇다. 아무리 단어 하나하나 쥐어짜내 본들 어차피 형편없는 글이 될 운명이라면, 약이 바짝 올라 당장 펜을 두 동강 내 버릴지도 모른다. 괜찮은 글을 쓸 수 있다는 기대까지 무의미하다면 쓸 재미도 살 재미도 없을 텐데. 그건 너무 슬프다.

그렇지만 인생에 커다란 울림을 주는 사건은 운명처럼 만나게 된다고 믿는다. 어떤 일은 일어나는 그 순간에 이미 '내 인생이 이전과 같을 수 없겠구나.' 하는 느낌이 든다. 그 촉은 대개 틀리지 않는다. 이를테면 한눈에 알아본 인생의 동반자, 가슴이 뛰어서 심호흡하며 읽은 책, 지금껏 걸어온 구불구불한 길이 한 번에 설명되는 일자리를 만난 기분 같은 것 말이다. 그 순간의 떨림은 단순히 우연이라고 치부할 수 없을 만큼 강하다. 힘이 센 존재가 나를 그곳으로 툭 밀어 넣은 게 아니고서야 그토록 선명할 리 없다.

대학교 합격자 발표날, 간밤에 찝찝한 꿈을 꿨다며 외할머니에게서 전화가 왔다. 집채만 한 사자가 나를 물어 가려고 하는 것을, 할머니가 온몸을 던져 겨우 막았다는 것이다. 사자가 업어 가는 꿈은 길몽이라는데, 막기를 잘한 건지 모르겠다고 울상이셨다. 그러면서 마지막까지 나를 노리는 사자의 눈빛이 범상치 않았다며, 비록 이번에는 실패했지만 언젠가는 반드시 물어갈 것만 같았다고 덧붙이셨다. 할머니의 우려와는 달리, 대학에는 합격했다. 하지만 얼마 지나지 않아 전공을 바꾸게 되었으니, 꿈 속 사자가 끝내 나를 물어간 것인지도 모르겠다.

운명의 여신은 할머니 꿈에 나온 사자 같은 것이 아닐까.
잠깐 피해 가도 언젠가는 중요한 길목에서 다시 만나게 된다.
어찌할 도리가 없다.

어떤 사람은 꼭 그때 그 장소에서가 아니었더라도 살면서 언젠가는 분명히 만났으리라는 확신이 든다. 그리고 언제, 어디서, 어떻게 만나든지 깊은 사랑에 빠져 서로의 인생을 흔들어 놓았을 것만 같다.

일도 마찬가지다. 철학을 전공한 친한 언니는 본인이 영화를 하게 될 줄은 꿈에도 몰랐다고 한다. 운명의 여신이 찾아온 것은 그가 대학교에서 마지막 과제를 할 때였다. 정해진 주제를 자유로운 방식으로 표현해야 하는 과제였는데, 불현듯 '이건 영상으로 만들어야겠다.'는 느낌이 들었단다. 핸드폰 카메라 하나 들고, 지하철역이며 깊숙한 골목이며 곳곳을 누비고 다닌 기억이 퍽 소중했는지, 얘기하는 내내 상기된 얼굴이었다. 그렇게 난생처음 제작한 영상을 발표하기 전날 밤, 그는 도무지 잠이 들지 못할 만큼 심장이 뛰었다. 그때 그가 느낀 감정은 '영화를 해야겠다.'가 아닌 '영화를 하겠구나.'였다고 한다. 지금 그는 현장에서 조감독으로 일하고 있다.

누구에게나 가슴을 뛰게 하는 무언가가 있다. 그런 사람을 만나고, 그런 일을 해야 행복하다는 상투적인 말을 하려는 건 아니다. 언젠가 나타날 운명의 여신을 애타게 기다리라거나, 지금 내 옆의 사람과 내가 하는 일에 충분한 떨림이 있는지 평가해 보라는 이야기도 아니다. 어떤 사람, 어떤 일은 우리 힘으로는 도무지 벗어날 수 없는 '끌림'이 있다고 말하고 싶을 뿐이다.

나에게 그런 끌림을 주는 건 '글 쓰는 일'이다. 설혹 이 글이 끝내 형편없는 글이 된다고 하더라도, 다시는 흡족한 글을 쓸 수 없을 것 같은 자괴감에 괴롭더라도, 온 마음을 담아 이 글을 썼다는 것. 그리고 가끔은 자다가도 문득 읽고 싶어서 머리맡 손 닿는 곳에 내가 쓴 글을 놔둔다는 것에는 변함이 없다.

다행히 펜을 두 동강 내지 않았고, 글이 무사히 끝났다.

평생 반복할 하루, 오늘

세대 차이야 어제오늘 일이 아니지만, 이전 세대에 당연했던 것 중 유난히 받아들이기 힘든 게 있다. 바로 '평생직장' 개념이다. 젊을 때 괜찮은 직장에 들어가서, 은퇴할 때까지 20~30년 동안 한 직장에서 일한다는 것. 대체 어떻게들 그런 어마어마한 일을 해냈는지, 존경스러울 뿐이다.

매일 같은 시간에 같은 장소에 나가서 같은 얼굴들을 보며 산다는 게, 그런 하루를 몇 십 년 동안 되풀이한다는 게, 보통 사람이 견뎌 낼 수 있는 삶이란 말인가? 가족을 위해 돈을 벌어야 한다는 의무감이 반복된 일상의 권태를 이겨 낼 수 있을 만큼 강할까? 모르겠다.

배부른 소리라고 할 수도 있지만, 나는 스물 몇 년간 권태로움을 이겨 내기 위한 일탈로 번번이 '그만두기'를 택해 왔다. '아니다' 싶으면 그만두고, 방향을 틀어 새로운 일을 대차게 벌였다. 전공도 진로도 수차례 바꿨다. 시간은 어영부영 흐르고 '그러다 그만둔 것'의 목록도 길어졌다. 이러다 영영 '그러다 그만두는 사람'이 되는 건 아닐까 초조해지기도 한다. 새로 하고 싶은 일이 생겨도, 또 적당히 하다 그만두게 될까 봐 걱정이 앞선다. 모든 일은 잠깐 발을 담글 때는 재미있지만, 깊이 들어갈수록 힘들기 마련이다. 뭔가를 진득하게 해 본 적이 없다는 것은 나의 오랜 아킬레스건이다.

그만두는 게 나쁘다고 생각하는 건 아니다. 지루한 상태에 체념하거나 안주하지 않고, 다시금 열정을 불태울 수 있는 방향을 찾는 게 어떻게 나쁜 일이겠는가. 그만두는 것은 스스로에 대한 고민과 결단, 그리고 굉장한 용기 없이는 불가능하다. 이미 해 온 성취에 미련을 둔다면, 새로운 분야에 추가로 들여야 할 많은 양의 노력에 겁을 낸다면, 결코 쉬이 돌아서지 못한다. 앞으로도 나는 거침없이 고개를 돌리고, 새로운 걸음을 내디딜 줄 아는 사람이고 싶다.

아무리 그만두는 게 좋대도, '평생토록 하고 싶은 일'을 하며 사는 날이 하루라도 늘어난 인생은 아무래도 더 풍요로울 것이라는 걸 부정할 수 없다. 잠깐 하다가 말 것 말고, 매일 반복해도 좋은 것만 고르고 골라 하루하루를 구성할 수 있으면 얼마나 좋을까. 마치 꼭 맞는 블록을 쌓듯이.

그렇게 차츰 블록을 맞추어서, 하루빨리 나만의 '평생직장'을 세우고 싶다. 돌아서기를 아주 잘하고, 현실에 그럭저럭 눌러앉지 않는 게 앞으로의 목표인 나한테 그게 얼마나 어려운 일인지 상상조차 가지 않는다. 반복적인 일상의 권태를 넘어설 수 있는, 그만큼 사랑해 마지 않는 일. 그런 일을 오래도록 하며 살고 싶다.

내 꿈은 그렇게 평생을 반복해도 좋을 오늘을 보내는 것이다. 그리고 그런 하루가 모인 평생을 사는 것이다.

내일의 태양을 위하여

오랫동안 짝사랑해 온 대상이 있다. 바로 '아침'이다. 아침 해도, 공기도, 이슬도, 심지어는 '아침'이라는 상쾌한 단어까지도 사랑하지만, 아침은 나와의 행복한 공존을 거부한다. 대체로 아침에는 내가 없다. 내가 깨어났을 때는 아침이 이미 도망간 상태다. 절대 이루지 못할 꿈을 꼽으라면 '아침형 인간'이 되는 것이니, 내 짝사랑은 비극이다.

그럼에도 짝사랑을 그만둘 수가 없다. 아직 하나도 닳지 않은 '새 시간 뭉치'를 꼬박꼬박 선물하는 건 아침이기 때문이다. 그 꽉 찬 시간 뭉치라면 무엇이든 할 수 있다는 생각에 들뜬다. 밝은 햇살 아래 하루를 계획할 수 있다. 아무리 할 일이 많아도 아침이니까 괜찮다.

그러다 시간이 흥청망청 지나 해가 지고 어둑어둑해지면 슬슬 불안해진다. 못다 한 일이 아직 너무 많은데, 쓸 수 있는 시간이 얼마 남지 않았으니. 여유로웠던, 그래서 충분히 아껴 주지 못했던 아침 시간을 그리워한다. 아침의 기운을 찾아볼 수 없는 깜깜한 밤에 나는 가장 울적하다. 별 이유 없이 울다 잠드는 날도 있다.

한밤중의 우울한 나에게 유일한 위로는 '내일은 내일의 태양이 뜬다'는 것이다. 자고 일어나면 또다시 아침을 만나고, 새로운 시간 뭉치를 받을 수 있으니!

그럼 내일의 태양이 뜨게 하려면 어떻게 해야 하는가?
오늘은 이만 얼른 발 닦고 자야 한다.

그냥 잘 될거라 생각하는 게
쭈글
쭈글
낑..
최선일 때도 있다

난 이대로 있을거야
무엇에도 휘둘리지 않아!

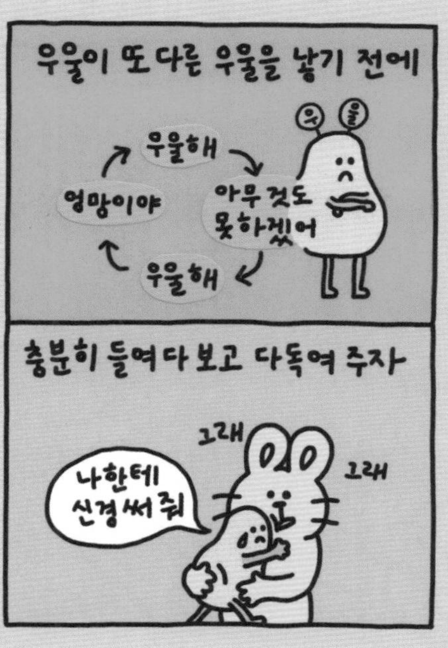
우울이 또 다른 우울을 낳기 전에
우울
우울해
아무것도 못하겠어
우울해
엉망이야
충분히 들여다 보고 다독여 주자
나한테 신경써 줘
그래
그래

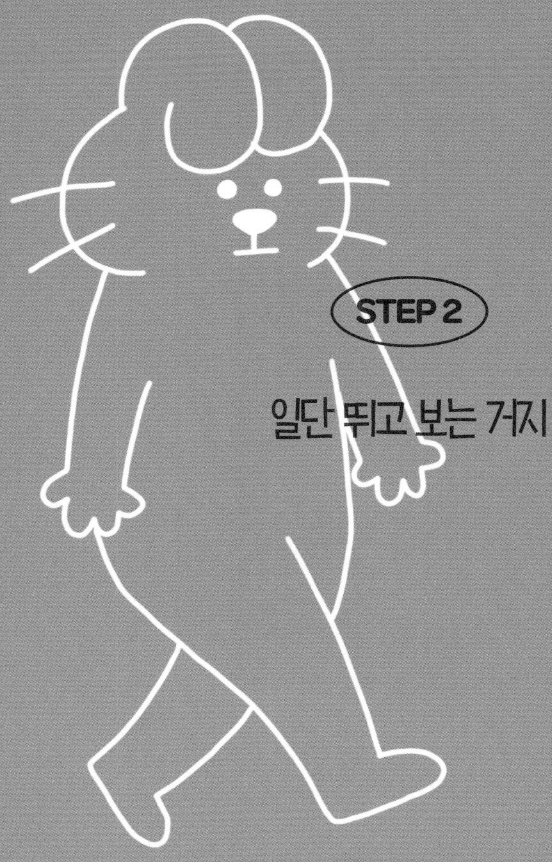

STEP 2

일단 뛰고 보는 거지

작지만 확실한 성취

토끼 그림을 그려서 SNS에 올리기 시작한 것에는 명확한 계기가 있었다. 2015년, 대학생으로서 마지막 여름 방학을 맞이해 인턴 면접을 보러 갔을 때의 일이다. 면접에서 꿈이 뭐냐는 질문을 받았다.

"저는 글 쓰고 그림 그리는 사람이 되고 싶어요."라고 대답했다.

지원한 직무와 전혀 관계없는 꿈이었으니 아무래도 합격과는 거리가 멀어 보였지만, 더할 나위 없이 솔직한 답변이었다. 기억하는 한 나는 늘 '언젠가는 꼭 글 쓰고 그림 그리며 살아야지!'라는 꿈을 품고 있었다. 쑥스러운 마음에 어디 가서 얘기해 본 적은 별로 없었는데, 뜻밖의 장소에서 쓸데없는(?) 용기가 난 것이다. 소신껏 밝힌 꿈 이야기에 돌아온 질문은 내 스물 몇 년의 인생을 돌아보게 했다.

"혹시 다른 사람들이 볼 수 있는 곳에 올린 글이나 그림도 있나요?"

아니요. 사람들이 볼 수 있는 곳에 뭔가를 연재하기는커녕, 꾸준하게 글을 쓰거나 그림을 그리고 있지도 않았다. 면접관은 그저 그런 게 있다면 참고하고자 물은 듯했지만, 나는 크게 당황해서 대답을 얼버무렸다.

그날 집에 돌아와서는 뼈아픈 반성을 했다. '글 쓰고 그림 그리는 삶을 동경한다.'고 생각한 지 오래면서, 그런 삶을 위한 노력이라고는 아무것도 하지 않고 있다는 사실이 못 견디게 부끄러웠다. 핑계는 많았다.

'나중에 여유가 생기면,
돈을 많이 벌면,
좋은 기회가 오면…….'

실은 아주 솔직해지자면, 쉬이 시작을 못 하고 밍기적거린 제일 큰 이유는, 괜찮은 작품을 만들어 낼 능력도 자신도 없었기 때문이었다. 내 주제를 아니까 선불리 손을 대지 못했다. 꿈이 소중한 만큼, 간절한 마음을 처참하게 뭉개 버릴지도 모를 졸작을 마주할 용기가 도무지 안 났다. 그렇지만 그대로라면 아무리 오랜 세월이 흘러도 내 인생이 변할 리 없다는 것을, 그날 면접장에서 불현듯 깨달았다.

쉬운 그림부터 그려보기로 했다. 편하게 낙서하다 보니 누구나 그릴 수 있을 만큼 단순한 분홍색 토끼가 탄생했다. 하루에 삼십 분에서 한 시간 정도는 그림을 그리는 데에만 집중했다. 첫술에 피카소가 되려 했다면 몇 달 못 가 그만뒀을 것이다. 아주 너그럽게 봐도 분홍색 토끼에서 대가의 싹은 찾아볼 수 없었다. 꿈은 꾸게 뒀으면서 피카소의 재능을 함께 주지 않은 신을 탓하며 포기하는 게 깔끔했는지도 모르겠지만, 그런 결정은 아직 내리지 않았다. 어쩌면 로망을 향한 무섭고 독한 집착이었는지도 모르겠다.

거창한 노력은 아니었지만 꾸준히 하다 보니, 꿈대로 살고 있다는 근사한 기분을 만끽할 수 있었다. 펜을 든 그 시간은 하루 중 가장 빛났다. 언젠가는 삼십 분이 한 시간이 되고, 두 시간이 되어 결국에는 스물네 시간을 온통 뒤덮어 주기를 바랐다. 토끼를 그리는 사소한 일과는 평범한 하루에 의미를 더해 주는 작지만 확실한 성취였다.

그런 하루하루가 쌓이면서 상상도 못했던 기회도 많이 생겼다. 실제로 수익이 생기는 일도 간혹 있었다. 월급으로 받은 돈은 몇 백만 원도 별 감흥이 없었는데, 토끼가 벌어다 주는 돈은 단돈 천 원이라도 어찌나 소중하고 기특했는지 모른다.

몇 년간 많이 느끼고 배웠지만 그중 제일 소중한 감각은 땅에서 발을 떼는 용기다. 보잘것없고 작은 발걸음일지라도 일단 발을 떼어야 한다는 것이다. 거창한 꿈이든 소소한 소망이든 무언가를 이루려면, 뒤집고 기는 것부터 시작해야 한다. 나이 먹을 만큼 먹고서 걸음마를 배운다고 버둥거리는 자기 모습을 부끄러워해서는 인생에 변화가 생기지 않는다.

하고 싶은 게 있다면,
이리저리 재면서 여건이 완벽해지기를 기다리기보다는
그냥 저지르는 편이 낫다.

모든 게 맞아떨어지는 날은 영영 오지 않을 수도 있다. 묻고 따지기보다는 서툴게나마 첫발을 떼는 것, 그리고 용감하게 한 걸음씩 지속하는 것이야말로 기적을 만드는 태도다.

인생 최고의 실수

살면서 저지른 가장 바보 같은 실수는 대학생 때 행정고시를 준비하며 일어났다. 행정고시에 응시하려면 한국사와 영어 시험 성적이 있어야 하는데, 영어 시험을 너무 오래전에 본 나머지 유효 기간이 지나 있던 것이다. 그 사실을 깨달았을 때는 이미 늦은 상태였다. 휴학까지 해 가며 시험을 한 번 치른 상태였기 때문에 이번에는 기필코 승부를 걸어야 하는 시점이었다. 그런 마당에 자격 요건 미달로 한 해를 걸러야 하는 상황에 처했다.

총 없이 전쟁터에 나갔다가 터덜터덜 돌아오는 수밖에 없었던 장군의 마음이 이랬을까. 구제받을 방법은 없었고, 우는 것 말고는 할 게 없었다. 이명이 들리도록 울다 보니 어느새 밤이 되었다. 다음날 마저 울어야겠단 생각으로 침대에 벌렁 누워 버렸다. 나와 어둠뿐이었다. 그런데 그 기막힌 상황에서, 갑자기 알 수 없는 묘한 해방감이 들더니 이내 웃음이 나기 시작했다.

사실 고백하자면 진작에 그만두고 싶었다. 공무원이 무슨 일을 하는지 모르면서 갑작스럽게 시험을 준비했던 터라 내내 동기부여가 안 된 상태였다. 아무리 애써도 공무원이 된 내 모습을 떠올릴 수가 없는데, 되고 싶을 리 없지 않은가. 간절함 없이는 고시 합격은커녕 고시생이 되기조차 쉽지 않았다. 그러나 꾸역꾸역 시간이 지나갈수록 시험을 대비하는 데 들인 노력이 차츰 쌓였고 합격해야만 탈출할 수 있는 굴레에 점점 빠져들어 갔다.

그러던 차에 한심한 실수로 시험에 응시하지 못하게 된 것이다. 다음날 잡혀 있던 공부 모임에 애석한(?) 소식을 전했다. 이번에 시험 응시가 어려워져서 모임에서 나가야겠고, 다들 건승을 빈다고. 시험 대비로 가득 차 있던 방학 일정이 그렇게 짧은 메시지 한 통으로 모두 증발했다. 아무 일정 없는 방학은 초등학교 5학년 때 이후로 처음이었다. 일찍 안 일어나도 되고, 공부를 안 해도 되고, 집 밖으로 안 나가도 된다는 게 철없이 기뻤다.

다음날 느지막이 일어나서 노트 하나 덜렁 들고 카페에 갔다. 커피를 느릿느릿 마시며 찬찬히 생각했다.

나 뭐 먹고 살지?
뭐 하고 싶지?
그리고 당장 방학 동안은 뭘 하지?

진작 해 봤어야 했던 고민이 낯설게만 느껴졌다. 그동안은 그런 고민을 할 기회도, 이유도 별로 없었다. 하고 싶은 것을 떠올리기도 전에 해야 할 것이 늘 먼저 생겼기 때문이다. 그러다 보면 너무 바빴다. 한가한 고민은 우선 닥친 일을 끝내고 해도 늦지 않다고, 그게 합리적이라고 생각했다. 그런데 하마터면 늦을 뻔했다. 해야 할 일이 절대로 사라지지 않는 늪에서 10년도 넘게 허우적댔으니 말이다.

생각할 시간도 없이 주어진 일을 성실히 해내던 관성이 비로소 끊겼다. 그제야 오래도록 미뤄두었던 '하고 싶은 일'을 주섬주섬 노트 위에 풀어보았다. 어차피 생겨 버린 공백이니, 효율성에 밀려 늘 후순위에만 있던 '하고 싶은 것'을 과감하게 해 보기로 했다. 이왕 한심해졌으니 마저 저질러 버릴 작정이었다. 하고 싶은 걸 마음껏 해 보고도 해야 할 일만 하던 내가 낫다는 판단이 든다면, 그때 돌아가도 늦지 않다고 생각했다.

결론부터 얘기하자면 갑자기 생긴 그 방학, 그 한 해는 인생의 가장 큰 전환점이 됐다. 그 해는 그림을 그리기 시작한 해, 수험서가 아닌 읽고 싶은 책을 제일 많이 읽은 해, 개성 있는 다양한 사람을 가장 많이 만난 해다.

마음껏 나돌아다닌 후에야 내가 우물 속 안경 쓴 개구리였다는 것을, 그간 우물 속이 많이 답답하고 지루했다는 것을, 그리고 우물 밖에도 세상이 있기를 간절히 바라왔다는 것을 여실히 느꼈다.

말도 안 되는 실수 때문에 생긴 공백이었다. 그렇지만 그 의도치 않았던 공백 덕에 난생처음으로 과감한 생각과 자발적인 선택을 했다. 그리고 그 선택은 돌이킬 수 없는, 돌이키지 않을 길로 나를 인도했다. 나는 이전의 나로 돌아가지 않았다.

합리성으로 보면 0점이었던 몇 달이, 아주 잘 짜인 각본처럼 돌아가던 십수 년보다 훨씬 강했다. 맞지 않던 옷을 겨우 벗어 던지고, 거울 앞에서 새 옷을 입어 보는 기분이었다. 더 이상의 비교나 판단이 무의미해지는 건 당연했다.

내가 깨달은 건 치밀한 계산이 결코 다가 아니며 때로는 독이 될 수도 있다는 것이다. 가끔은 멈추어 서기도 하고, 내질러 보기도 하고, 뒤돌아보기도 해야 한다. 비합리적이고, 무모하고, 시간 낭비처럼 보이는 일이 지나고 보면 가장 의미 있는 순간이 될 수도 있으니까.

형광 연두색 취향

이 책에 등장하는 토끼 캐릭터 이름은 '김토끼'다. 앞니가 커다란 탓에 붙은, 내 어릴적 별명이 '토끼'였다. 김 씨 성을 가진 아이라면 한 번쯤 불릴 법한 '김치', '김치볶음밥' 같은 별명에 지쳤던 차에, '토끼'는 모처럼 마음에 드는 별명이었다. 그 뒤로는 교과서 낙서할 때도, 친구한테 쪽지를 전할 때도 한구석에 토끼를 그렸다. 그렇게 손에 익은 토끼가 어느 틈에 이름도 생기고 색깔도 생겼다.

김토끼는 분홍색이다. 내가 제일 좋아하는 색. 한때는 쨍한 핫핑크를 좋아했고, 은은하고 채도 낮은 진달래색을 제일 좋아할 때도 있었지만, 어쨌든 늘 분홍색이었다.

한결같은 애정을 쏟아왔지만 한동안은 분홍색 없는 어두운 세상에 살았다. 분홍색을 뺏긴 것은 초등학교 3학년 어느 봄날이었다. 제일 아끼는 꽃분홍 원피스를 입고 학교에 간 날이었다. 지금은 이름도 얼굴도 기억나지 않는 짝꿍이 나를 보자마자 "너 성냥팔이 소녀 같아!"라고 하더니, 종일 옷을 가지고 놀려 댔다. 그 후로 다시는 그 원피스를 장롱에서 꺼내지 않았다. 몇 달이 지났을까, '분홍색은 공주병 걸린 애들이나 좋아하는 거야!'라는 말이 돌기 시작했다. 그 이후로 누가 물으면 노란색이 제일 좋다고 했다.

성인이 되어 분홍색을 되찾고도 눈치 보는 일은 계속되었다.

분홍색 옷을 입었는데 분홍색 가방까지 메면 혹시나 이상해 보이지 않을까, 분홍색 가방에서 분홍색 필통을 꺼내고 그 안에서 분홍색 펜까지 나와도 괜찮을까. 사람들은 남한테 그만큼 관심이 없다는 걸 알지만, 그래도 성냥팔이 소녀처럼 보이고 싶지는 않았다. 분홍색 가방이 눈에 들어와도 마음 편히 들지 못할 걸 아니까 억지로 검은색 가방을 사기도 했다.

얼마 전, 커피를 주문하려고 줄을 서 있었는데 바로 앞에 한 백인 할머니가 눈길을 끌었다. 형광 티셔츠, 형광 레깅스, 형광 스니커즈, 형광 백팩에, 형광 모자까지 쓰고 있는 게 아닌가! 마음 속으로만 분홍색을 깊이 사랑한 나와 달리, 할머니는 백발이 되도록 형광 연두색을 온몸으로 사랑하고 있었다.

그 할머니뿐이 아니다. 캐나다에서 지내면서 그간 보지 못했던 광경을 자주 목격한다. 한국에는 출시조차 되지 않는 파란색 립스틱을 아무렇지 않게 바른달까. 게다가 사람들은 남의 입술이 파랗든 노랗든, 형광 연두색을 온몸에 둘렀든 말든, 아무도 이상하게 쳐다보거나 훈수 두지 않는다. 서로의 취향에 관대한 사회는 이런 모습이 아닐까 싶다. 그 안락한 울타리가 이방인인 내 숨통까지 틔워 준다.

또 모른다. 그 할머니도 어쩌면 살다가 한두 번쯤 이상하게 쳐다보는 사람을, 무례한 말을 하는 사람을 만났을 수도 있다.

다만 눈치 보고 살기에는 형광 연두색을 너무나 사랑했는지도 모른다. 나는 특이하고 싶지 않은 마음이 더 컸지만, 할머니는 취향을 고수하고 싶은 마음이 더 컸는지도 모른다.

관대한 사회에 태어나지도 않았고 용감하지도 않지만, 나에게도 그 할머니 못지않은 취향이 있다. 아마 나뿐 아니라 누구든 '형광 연두색 취향' 하나씩은 갖고 있을 것이다. 눈치 보여서 미처 꺼내지 못했지만 마음 속 깊은 곳에 분명히 존재하는 취향 말이다.

'성냥팔이 소녀처럼 보일까 봐', '애벌레처럼 보일까 봐', '신호등처럼 보일까 봐'를 걱정하지 않아도 되는 세상을 꿈꾼다. 서로 눈치를 주지도 보지도 않는다면, 취향을 드러내는 게 두려운 일일리 없다. 각자의 색깔을 존중하는, 그래서 누구든 자기 색깔을 표현할 수 있는 알록달록한 세상에서는 모두가 그만큼 더 즐거울 것이다.

멋쟁이 단벌신사

수의예과로 대학에 들어가서 정치학도가 되어 졸업했지만 대학의 심장은 문학이고, 학문의 끝은 결국 예술이라는 다소 낭만적인 생각을 해 왔다. 대학생이 된다면 품에 소설책 한두 권씩 끼고 다니며 역사 속 작가들과 벗하고 있지 않을까, 하고 어릴 적부터 막연히 상상했던 것이다.

실제 대학생이 된 나는 도무지 읽히지 않는 영어 논문과 매일 싸우고, 대개 처참하게 지는 모습이었으니 현실과 로망은 괴리가 컸다. 문학과는 연이 닿지 않았고, 등교할 때마다 사회과학대학 옆에 있는 예술대학 건물을 부러운 눈으로 바라만 봤다. 일부러 예술대학 건물에 있는 카페에 찾아가기도 했는데, 온갖 악기 소리가 섞여 기괴하게 들리는 소리마저 듣기 좋았다.

초등학교, 중학교, 고등학교 12년에 대학교까지 5년을 다니고 나니, '교육 받는 것'에 신물이 났다. 대학 졸업과 동시에 다시는 교육 시스템 속으로 돌아가지 않겠다고 다짐했다. 때문에 대학을 탈출한 지 3년 만에 밴쿠버에 있는 미술 대학의 회화 수료 프로그램에 등록하게 된 것은 스스로에게도 놀라운 일이었다. 여전히 예술은 배움이 아니라 경험의 영역이라고 생각하지만, 폭넓고 다채로운 경험을 효율적으로 할 수 있는 곳으로는 대학만 한 곳이 없다는 것을 인정할 수밖에 없었다.

꿈꾸던 예술학도가 되어 학교에 가던 첫날, 제일 신경 쓰인 것은 우습게도 '옷'이었다. 옷은 자고로 개성과 미적 감각을 드러내는 첫걸음이 아닌가. 예술 하는 사람이라면 독특하면서도 멋진, 튀면서도 고상한 패션 감각을 뽐내야 할 것 같다. 하다못해 머리를 보라색으로 물들이거나 징이 박힌 금색 가방이라도 들어야 젊은 예술가답지 않을까. 패션 좌우명이라고는 '따듯하고 편한 게 최고!'밖에 없는 나는 그들과는 다른 의미에서 눈에 띌 게 분명했다.

실용적이고 검소한 문화 덕인지, 다행히 캐나다 미술 대학에서 만난 사람들은 대부분 무난한 차림이었다. 물론 상상했던 '젊은 예술가'의 모습을 한 개성 넘치는 사람도 수업마다 한두 명씩은 꼭 있었다. 머리를 초록색으로 물들였다거나, 빨간 문신을 했다거나, 특이한 반지를 끼고 다닌다거나. 자기 스타일이 분명하고, 옷이며 악세서리며 잔뜩 가지고 있을 것 같은, 꾸밀 줄 아는 사람들이었다. 그런 사람의 작업물을 보면 저절로 고개가 끄덕여졌다. 겉모습에서 느껴지는 분위기가 작품에도 그대로 표현됐기 때문이다. 스타일을 가지는 것은 작품이든 패션이든 어려운 일이기에 무척 대단해 보였다.

그렇지만 제일 깊은 인상을 남긴 패션은 따로 있었다. 바로, 현업 작가이자 페인팅 수업 선생님이었던 G의 옷차림이었다. G는 24시간 붓질을 하다 보니 붓을 따로 정리해 본 적이 없다고 얘기하는 괴짜 예술가였다. 그는 매일 같은 옷을 입고 다녔다.

상의는 늘 흰색 셔츠를 두 장 겹쳐 입었고, 하의는 언제나 같은 검은색 양복바지, 신발은 광 나는 검은 구두였다. 그다지 그림 그리기 편한 차림이라고는 볼 수 없었다. 매번 미치광이처럼 붓질하는 G의 흰색 셔츠는 불안할 만큼 새하얬다. 그런데도 고집스럽게 한결같은 패션을 고수했다.

'매일 똑같은 옷 입기'계에서 빼놓을 수 없는 사람들이 있다. 검은 폴라티에 청바지 차림의 스티브 잡스, 하얗고 부풀어 있는 커다란 옷을 입던 앙드레 김 같은 유명인사들이다. 세상을 떠난 뒤에도 그들의 패션은 우리 머릿속 어딘가에 깊숙이 자리 잡고 있다. 검은 폴라티에 청바지 차림을 한 사람을 보면, 외모가 전혀 닮지 않았어도 스티브 잡스부터 떠오른다. 굉장한 자신감 없이는 도무지 불가능한 단벌 패션은 잡지 속 모델들의 옷차림보다도 강렬하다.

옷은 자기 취향의 표현이기도 하지만, 타인에 대한 의식이 섞여 있다. 어디에, 누구를 만나러 가냐에 따라 옷차림이 달라진다. 아무리 편한 것을 좋아해도, 회사 면접이나 상견례 자리에 운동복 바지를 입고 가는 사람은 없을 것이다. 나 스스로 바라는 내 모습, 그리고 남들에게 보였으면 하는 나의 모습. 그 사이 어느 지점에서 옷차림이 정해진다. 상황마다 전자에 초점을 맞출 때도 있고, 후자에 더 신경 쓸 때도 있다. 게다가 취향은 시시때때로 바뀌고, 때로는 유행에 맞추다 보면 옷장에 옷이 점점 늘어난다. 단벌신사는 이 모든 복잡하고도 변화무쌍한 '자기에 대한 이미지들'을 하나로 통일해 낸 사람이 아닐까. 확실한 단 한 벌에서 느껴지는 스스로에 대한 분명한 이해와 가치관이 그들의 단벌 패션을 닮고 싶은 이유다.

게다가 매일 같은 옷을 입으면서도 당당하기란 여간 어려운 일이 아니다. 자칫하면 지나치게 무신경하다거나, 가난하다거나, 심지어는 더러워 보일 수도 있다. 스티브 잡스나 앙드레 김은 워낙 유명하니까 곤란한 상황을 덜 겪었겠지만, 그렇지 않은 사람이 단벌로 살려면 지난한 오해와 설득의 과정을 맞닥뜨릴 것이다.

단벌신사의 피할 수 없는 숙명이 자주 난처해지는 것이라면, 다른 사람들의 잣대나 수군거림으로부터 초연한 사람이 기꺼이 되련다. 누군가 내 옷차림을 보고 내 옷장에 실제로 그 옷 딱 한 벌밖에 없다고 생각하든, 같은 옷을 30장씩 갖고 있다고 생각하든 '난 상관없어.'라고 얘기할 수 있는 사람 말이다.

아직은 나도 나를 잘 모르겠다. 옷에 별로 신경 쓰지 않는다고 생각하지만 옷에 대해 글 하나를 완성한 것을 보면 또 그렇게 관심이 없는 건 아닐지도 모른다. 확실한 건, 언젠가는 꼭 단벌신사 대열에 합류하고 싶다는 것뿐이다. 간단하고, 분명하고, 단단하게. 나만의 개성을 가지고서.

1일 1행복

직장 상사로 만난 B는 내가 만난 맛집 전문가 중 제일가는 열정을 가진 사람이었다. “이따가 홍대에서 식사 약속이 있는데, 어딜 가는 게 좋을까요?”라고 물으면 분위기와 메뉴에 따라 맛집 목록이 쭈르륵 나왔다. 심지어는 해외 여행을 갈 때도 맛집 추천을 받을 수 있었다. B가 소개해 준 곳들은 한 번도 만족스럽지 않은 적이 없었다. 나는 회식이라면 덮어놓고 싫어했지만 한 달에 한 번 회사에서 회식비가 나오면 B가 이번에는 우리를 어떤 놀라운 곳에 데려갈지 내심 무척 궁금했다.

직장인들에겐 점심 메뉴 선정이 늘 고역이다. 일주일에 적어도 다섯 번을 회사 근방에서 먹어야 하니 질릴 만도 하다. 주변 식당 정보를 엑셀 파일로 정리해서 직원들끼리 공유하기도 하고, 메뉴를 랜덤으로 추천해 주는 채팅 봇을 만들어 쓰기도 했다. 나름대로 노력은 해본 셈이지만, 결국에는 ‘거기서 거기’였다. 대부분은 음식이 지겨워도 별수 없이 가던 곳 중에 대충 골라 갔다. 어떤 동료는 고민하기 귀찮다며 분식점만 줄기차게 다니기도 했다.

하지만 B는 한 끼도 허투루 보내는 법이 없었다. 기어이 맛집을 알아냈고, 빠듯한 점심시간에 택시를 타고 가서라도 원하는 음식을 먹고 왔다. 누구는 매일 비슷한 음식을 지겹도록 먹을 때, B는 그날 입맛에 딱 맞는, 새롭고 맛있는 끼니를 즐겼다. 우리에게 메뉴 선정은 귀찮은 일과였지만 B에게는 설렘이었을지도 모르겠다.

물론 공짜로 얻은 즐거움은 아니다. 맛집을 알아보는 데 남들보다 더 촉각을 곤두세웠고, 실패를 두려워하지 않고 새로운 음식점이나 메뉴에도 자주 도전했다. 그렇게 한 끼 한 끼에 공을 들인 덕에 B의 맛집 목록은 갈수록 풍성해졌다. B는 끼니때만큼은 확실한 행복감을 느끼는 사람이었다.

물론 B가 소개해 준 맛집들은 신세계였지만, 그의 맛집 목록은 계속 내가 모르는 세상으로 남을 것 같다. 먹는 걸 좋아하지만 맛집 탐험가가 될 정도로 식도락가는 아니기 때문이다. 그렇지만 하루에 한 끼는 꼭 행복을 찾아 나서는 그처럼 적극적인 행동가가 되어야겠다고 다짐한다.

공들이는 만큼,
거침없이 지르는 만큼,
내가 누리는 행복감도 분명해질 것이다.

똑똑이 훈련

나에게는 한 살 차이 나는 오빠가 있다. 연년생은 흔히들 서로 맞먹는다고 하는데 우리 남매는 달랐다. 오빠는 나한테 절대 만만하지 않은 상대였고, 오빠도 나를 한참 어린 동생처럼 대했다. 오빠가 나이에 비해 아주 영특했던 까닭이다.

우리가 초등학교 저학년 때의 일이다. 하루는 할아버지께서 우리에게 껌을 한 통씩 주셨다. 오빠는 자기 몫의 껌을 받아들고는 뜬금없이 '사고팔기 놀이'를 하자고 했다. 가진 물건을 각자 늘어놓고, 물물교환 하거나 모아둔 세뱃돈으로 거래하는 놀이다. 오빠와 나는 상인인 동시에 고객이었다. 오빠는 대뜸 내가 가진 껌 한 통을 다 사겠다며, 돈은 달라는 대로 주겠다고 했다. 나는 큰맘 먹고 천 원을 요구했다. 당시는 껌 한 통에 300원이었으니 세 배는 남는 장사였다. 오빠는 흔쾌히 껌 한 통을 천 원과 맞바꾸었다. 잠깐은 둘 다 행복했다. 오빠가 포도향 물씬 풍기며 껌 하나를 씹기 전까지는 말이다.

밤이 늦었고, 혼자 마트에 가 본 적도 없던 나는 결국 껌을 다시 달라고 애걸복걸했다. 오빠는 이리저리 재더니 선심 쓰듯 낱개로 하나를 되팔았다. 값은 이천 원. 나는 그날 눈물 젖은 이천 원짜리 껌을 씹었다. 가치는 돈이 아닌 상품 그 자체에 있다는 것을, 사재기는 힘이 세다는 것을, 오빠는 초등학교 3학년 때부터 알고 있었다.

오빠에게 하루에도 다섯 번씩 골탕 먹었기 때문이었을까. 나는 똑똑한 아이가 되고 싶었다. 머리가 안 따라 주니 배로 노력하겠다는 심정으로 글자도 숫자도 열심히 공부했다. 그 덕에 오빠보다 학교 성적이 늘 좋았다. 그런데 아무리 공부해도 똑똑하다는 기분이 들지는 않았다. 오히려 공부만 잘하는 헛똑똑이에 가깝다고 느꼈다. 성적을 보면 똑소리가 나야 하는데, 그렇지 못한 게 탄로 날까 봐 늘 조마조마했다. 공부를 그렇게 많이 하는데 '똑똑함'은 어째서 메워지지 않는지 의문이었다.

그 답은 처음으로 이력서를 쓰면서 찾게 되었다. 대학교 4학년 여름방학 때였다. 한 동물보호 단체에 이메일로 간단한 이력서를 보냈다. 아르바이트, 인턴, 봉사 뭐라도 좋으니 힘을 보탤 수 있게 해 달라는 내용이었다. 이러이러한 것들을 할 줄 안다고 잔뜩 나열하고 싶은데 막상 쓸 수 있는 건 다섯 개도 안 됐다. 능숙하게 다루는 컴퓨터 프로그램이 있는 것도 아니고, 특별한 기술이나 실무 경험도 없었다. 큰 개를 목욕시킬 줄 안다든지, 개 대여섯 마리를 한꺼번에 산책시켜 본 적이 있는 것도 아니었다. 실질적으로 할 줄 아는 것이 턱없이 부족했다.

곰곰이 따져볼수록 나는 아는 게 없었다. 멋진 삶을 꾸리려면 뭐부터 해야 하는 걸까. 어떤 사람을 곁에 두어야 할까. 사회에서 만나는 윗사람은 어떻게 대하고, 아랫사람과는 또 어떻게 지내야 할까. 그뿐만 아니다. 어른이 되면 할 줄 알겠지 하고 지나간 것들을 막상 어른이 되고도 한참 지나도록 몰랐다. 이를테면 실비 보험 가입이나 연말정산, 재테크 같은 것 말이다. (사실 여전히 모른다.) 청소나 요리 같은 집안일을 잘 하는 것도 아니다. 공부는 내 벼슬이었지만 시험에서 한 문제 더 맞히고, 화려한 금색 테두리 두른 상장을 받는 게 다 무슨 소용인가. 사과 하나 제대로 깎을 줄 모르는데.

당장 어느 곳에 투입되든 자기 자리를 찾고, 뭐라도 척척 해낼 것 같은 사람들. 살아가는 데 직접적으로 필요한 기술을 이미 체득한 사람들. 심지어 무인도에 떨어지더라도 끝끝내 살아남을 것 같은 '똑똑이'가 나는 제일 부럽다.

책이나 방송에서 어깨너머로 본 것만으로는 똑똑이가 될 수 없다. 사과를 깎든 엑셀을 다루든 강아지를 목욕시키든 내 손으로 직접 해 본 것만 '할 줄 아는 것'이 된다. 해 봤기 때문에 할 줄 아는 것의 목록이 긴 사람은 현실에 쫄지 않는 똑똑이가 된다.

나는 요즘 뒤늦게 걸음마 배우듯 차근차근 똑똑이 훈련을 하고 있다. 마트에서 좋은 식자재 고르는 방법을 알아 가고, 레시피 없이도 자신 있게 만들 수 있는 요리를 늘려 간다. 직접 만든 물건을 주문 받아 팔아 보고, 간단한 홈페이지를 스스로 제작한다. 좋아하는 작가의 책을 필사하고, 그 작가가 글을 쓴다는 시간에 나도 글을 써 본다.

앞으로 세상에 골탕 먹지 않을 수 있을지는 잘 모르겠다. 또 다시 역사상 제일 비싼 껌을 씹게 될 수도 있다. 그래도 해 본 것, 할 줄 아는 것이 늘어 갈수록 울지 않고 살아갈 자신이 생긴다.

오늘의 나는 내일의 나를 바꾼다

20kg도 채 안 되는 아이였을 때 꽤 오랫동안 수영장에 다녔다. 다리를 곧게 펴고 차는 법, 고개를 살짝 내밀고 숨을 쉬는 법, 팔을 젓는 법을 차츰 배웠다. 수영을 그리 좋아하지는 않았지만 오래 다니다 보니 자유형, 배영, 평영까지 배웠고 접영을 시작할 무렵 그만두었다. 깡마르고 힘없는 아이에게 접영은 좀 무리였다.

그 이후로 한참 수영할 일 없이 지냈는데, 고등학교에서 갑자기 수영을 평가하겠다고 통보했다. 땅에 발 디디지 않고 100m를 헤엄칠 수 있으면 통과였다. 수학여행을 갔다가 학생 한 명이 수영장에서 큰 사고를 당할 뻔한 뒤의 일이었다. 학교 방침이 이해는 갔지만 그래도 갑작스럽게 수영이라니 다들 투덜거렸다.

어쨌든 오랜만에 수영장을 찾게 되었다. 물속을 누비던 어렸을 때보다 몸이 두 배 넘게 자라 있었다. 그래도 물이 무섭거나 한 건 아니라서 100m 정도야 아무 문제 없을 거라 생각했다. 가다가 힘에 부치면 잠깐 누워서 둥둥 떠 있으면 되니까. 그렇게 호기롭게 출발했는데 10m도 못 가서 '헉' 하는 위협을 느꼈다. 몸이 너무 무거웠고 뜻대로 움직이지 않았다. 차분하게 숨을 쉬려 해도 물이 얼굴로 넘실대서 자꾸 물을 먹었다. 숨이 제대로 안 쉬어지니 다리를 곧게 찰 수도, 팔을 저을 수도 없었다.

수영 선수 될 거냐는 소리까지 듣던 20kg짜리 아이는 온데간데없이 사라지고, 물에 뜰 수 있는지조차 의심스러운 내가 되어 있었다. 공백은 쉬이 메워지지 않았다. 한번 할 줄 알았다고 영원히 할 줄 아는 것은 아니었다.

몸이 달라졌을 때는 더욱더 그렇다. 20대부터 별수 없이 노화가 시작된다니까, 예전 같지 않은 나를 마주하는 서러운 날들은 차츰 늘어갈 것이다. 보이던 게 안 보이고, 읽히던 게 안 읽히고, 뛸 수 있던 거리가 안 뛰어지고, 팽팽 돌아가던 머리가 안 돌아갈 날이 머지않았다.

가혹하게 흐르는 시간 앞에 우리는 한 치 거짓 없는 맨몸이 된다. 어제 하지 않은 수영이 오늘 자신 있을 리 없다. 내일이라도 수영을 하려면, 오늘은 꼭 수영을 해야 한다. 100m를 정직하게 채워야 내일도 100m를 채울 수 있다. 오늘 하지 못하면 내일은 더욱 하지 못하기 때문이다.

내일의 내 모습을 바꿀 수 있는 유일한 사람은 오늘의 나다.

그래서 우리는 내일의 내 모습이었으면 하는 모습으로, 오늘을 살아야 한다.

3만 원짜리 믿음

내 귀는 섬세하고 연약하다. 조금만 추워도 귓속 깊이 근육 주사를 맞은 것처럼 뻐근하고, 무리했다 싶으면 다음 날 어김없이 이석증 때문에 세상이 핑글핑글 돈다. 새벽까지 잠을 못 잔 어느 날, 갑자기 한쪽 귀가 잘 안 들렸다. 어지럽고 멍하기까지 해서 여간 불편한 게 아니었다. 벼르고 있던 터라 바로 이비인후과를 찾았다. 역시나 한쪽 귀의 청력이 다른 쪽에 비해 떨어져 있었다. 의사 선생님은 시력이 나빠지면 뿌옇고 침침하다고 느끼듯이, 갑작스러운 청력 저하가 어지럼증을 일으킨 것이라고 진단했다. 이 선생님의 부연 설명은 유난히 자세하고 길었다. 이토록 과하게(?) 성실한 진료라니, 천직을 만난 사람은 이런 모습이겠구나 싶어서 속으로 웃음이 났다.

의사 선생님은 "이어폰을 많이 사용하느냐."고 물었다. 나는 이런 질문을 만나면 어떻게 답해야 할지 몰라 당황한다. '많다', '적다'의 기준이 뭔지 도통 알 수 없기 때문이다. 다른 사람들이 어떤지를 잘 모르는데, 내가 어느 쪽에 속하는지 알 게 뭐람. 막대기 두 개를 주고 어느 쪽이 기냐고 물어보면 잘 대답할 수 있는데. 한참 머뭇거리다가 "사용하기는 하는데, 그렇게 많이는 아닌 것 같아요. 출퇴근하면서 음악 듣는 정도?"라고 대답했다. 그랬더니 선생님은 이어폰을 아예 사용하지 않는 사람도 많다면서 그렇게 매일 이어폰을 끼고 살다가는 40대쯤 청력을 완전히 잃을 수도 있다고 으름장을 놓았다. 어휴, 의사 선생님의 기준과 나의 기준이 많이 달랐던 모양이다.

기준이라는 게 대체 뭔지. 그 기준 때문에 번번이 애를 먹는다. 취미나 특기란을 채울 때마다 고민이 앞서는 것도 그래서였다. 취미라고 하려면 어쩐지 남들보다 더 '즐길 줄 알아야' 되고, 특기는 남들보다 더 '잘해야만' 할 것 같다. 그런데 남들이 어떤지 알 수 없으니, 나만의 취미나 특기를 찾는 게 그리 쉽지가 않다. 추운 겨울에 따뜻한 이불 속에서 귤 까먹기, 3개월 된 강아지 꼬물거리는 모습 보기, 제일 친한 친구와 여행 떠나기 같은 건 누구나 좋아하지 않나. 맛있는 떡볶이 한 접시 뚝딱 비우기, 해리포터 시리즈 같은 재미있는 책 읽기, 갖고 싶은 신발 쇼핑하기 또한 나만 유난히 잘하는 게 아닐 것이다.

이런 사소한 취향이나 재능도 나는 쉽게 단언하지 못했다. 그러니 내가 어떤 사람이며, 누구를 만나 어떤 일을 하며, 어떻게 살 건지에 대한 고민이 도무지 끝나지 않는 건 당연했다. 그래프에 다른 사람들의 평균을 구하고 내 위치를 찍어 볼 수 있으면 좋으련만……. 물론 공신력 있는 성격검사를 받거나 전문가 의견을 들어 보기도 했다. 그렇지만 검사가 믿을 만한지, 여러 검사를 두루 받아 봐야 하는 건 아닐지, 상담해 준 전문가가 사실 돌팔이라거나 다른 의도를 가지고 한 말은 아닐지 끝없이 의심이 들었다.

그토록 조심스러운 내가 지금껏 마음에 간직하고 있는 건 우습게도 한 점집에서 들은 이야기다. 그저 아무 말이라도 듣고 싶은 마음에 충동적으로 찾은 곳이었다. 3만 원어치의 다양한 이야기를 들었지만 다른 건 잘 기억이 나지 않는다. 그저 여행 에세이처럼 짧은 글을 엮어 내면 성공할 거라는 얘기만 또렷하게 뇌리에 박혔다. 늘 듣고 싶었던 말을 끝내 들은 것이다. 그러고 나니 더는 기준 따위 아무래도 상관없다는 생각이 들었다. 진위야 어찌 됐든 그 말을 여전히 간직하고 있으니 3만 원이 아깝지 않은 점집 방문이었다.

나를 찾아가는 여정에 지름길은 없다.

누구도 명쾌하게 답해 주지 않는다.

인생에는 긴지 짧은지 대 볼 수 있는 명확한 줄자가 없기 때문이다.

그러니까 타인과 견주어 내 재능과 흥미가 어느 수준인지 궁금해할 필요도 없는지도 모른다. 아니, 사실 그런 건 하등 중요하지 않다. 내가 스스로 어떤 사람이 되었으면 좋겠다고 생각하는지, 어떤 사람이라고 믿는지가 내 기준의 전부다. 제아무리 신중했던들 결국 내 마음에 꽂힌 건 일말의 기대도 없이 찾았던 점집에서 들은, 실은 내가 오래 기다려온 말 한마디였지 않은가.

자신에 대한 생각과 기대를 헛되다거나 오만하다고 넘겨짚지 말자. 자꾸 다른 사람과 견주어 생각하지도 말자. 마음속 깊이 듣고 싶은 말이 있다면 내가 나에게 직접 이야기해 주는 것도 괜찮다. 설혹 착각이더라도 그게 나라고 철석같이 믿다 보면 언젠간 그 모습과 닮아 있는 자신을 발견할 것이다. 내가 이 에세이를 낸 것처럼 말이다.

못해도 돼

괜찮다고 생각하면
생각보다 괜찮을지도 몰라
그런가?
일단
이거 먹어
그래

나는 나의 리듬으로~
나는 나의 리듬으로!!!

STEP 3

지금 필요한 건, 호흡

소원을 말해 봐

부러웠던 기억은 쉽게 지워지지 않는다. 타인에 대한 부러움은 나의 결핍에서 비롯되기 때문이다.

어릴 때 나는 연년생 오빠를 줄곧 부러워했다. 이를테면 오빠만 한 해 먼저 유치원에 간다든지, 집에 학습지 선생님이 오셔서 오빠에게만 한글을 가르친다든지, 오빠만 생일에 옥상에서 파티를 연다든지 하는 것들. (내 생일은 한겨울이라 옥상 파티가 불가능했지만, 그때의 나는 엄마 아빠가 오빠만 사랑한다고 생각했다.)

오빠가 여덟 살 생일 선물로 엄마한테 받은 열쇠고리도 부러운 기억 중 하나다. 갈색 가죽 덮개를 열면, 금색 고리들이 주르륵 나오는 열쇠고리였다. 두 번 접은 지폐가 서너 장 들어가는 주머니까지 있었다. 나는 갖고 다니는 열쇠도 없으면서 그 열쇠고리가 너무 탐났다. 내 생일이 오도록 마냥 기다리자니 애가 탔다. 5개월이나 기다려야 한다니. 그래서 머리를 좀 쓰기로 했다. 흰 종이를 꺼내서 첫머리에 '갖고 싶은 것'이라고 커다랗게 적었다. 거기에 갈색 열쇠고리를 적어 놓으면 엄마가 내 마음을 알고 오빠와 똑같은 걸 사다 줄 것이라고 생각했다.

'갖고 싶은 것'의 목록은 생일이 가까워질수록 더 늘어났다. 욕심쟁이의 기나긴 목록에는 강아지, 토끼부터 시작해 아오리 사과, 거봉 같은 것까지 적혀 있었다. 부모님이 아니더라도 산타클로스가 몰래 들여다볼지도 모른다는 생각에 삐뚤빼뚤한 글씨로 자세하고 꼼꼼하게 적었다. 결국 그해에 열쇠고리를 받지는 못했지만, 부모님도 산타클로스도 용케 알고 내가 바라는 것들만 쏙쏙 선물해 주었다.

그 이후로도 바라는 것은 습관적으로 종이에 적고 본다. 특히 매해 1월 1일이 되면 연례행사처럼 목록을 만든다. '올해 이루고 싶은 것' 열댓 개 정도를 다이어리 첫 페이지에 공들여 쓴다. '그림 매일 그리기', '일기 매일 쓰기'는 몇 년째 목록의 1, 2번을 차지하고 있다. 몇 해 전부터는 '내 이름으로 출판하기'가 단골로 출몰했는데, 해묵은 간절한 바람이 이제야 출판사로 무사히 가닿은 모양이다.

손으로 적은 목록을 사진으로 찍어서, 휴대폰 배경화면으로 등록해 놓기도 한다. 그럼 굳이 의식하지 않아도 하루에 열 번도 더 보게 된다. 간절한 소원이라도 깜빡 잊고 지낼 때가 많은데, 그런 식으로 목록과 마주치게 되면 마음이 되살아난다. 이렇게 머릿속 어딘가에 일단 계속 담고 있으면, 우연한 기회가 왔을 때 놓치거나 잊지 않고 이룰 수 있다.

삶은 내 마음대로 되지 않고, 살다 보면 나도 모르는 틈에 삶에 휩쓸려 간다. 몰아치는 와중에 꼿꼿한 이정표가 되어 주는 게 '바라는 것'의 목록이다. 새해 첫날에 아주 차분한 마음으로 적어 두었던 바로 그 목록! 정신 없이 살다가도 문득 '그래서 내가 바라는 건 뭐였지?' 싶은 순간, 내가 가야 할 길이 무엇이었는지 다시금 되새길 수 있다.

아직 이뤄지지 않은 소원으로는 '투룸 살기'가 있다. 동거 고양이 나몽이로부터 독립된 작업 공간 하나쯤은 가지고 싶은 욕심이다. 고양이는 완벽에 가까운 생명체지만, 털이 많이 빠지는 데다가 집사가 하는 일에 전혀 협조적이지 않다. 자꾸만 붓질을 도와주려 하고, 물감을 막 짜놓은 팔레트에 얼굴을 들이민다. 심지어 그림 그려 둔 캔버스를 요란하게 뜯으며 손톱 정리를 할 때도 있다. 잠깐만 혼자 있게 해 주십사 하는 요청을 나몽이가 수용해 줄 리는 없으니, 작업실 하나만 따로 있었으면 좋겠다.

그러니 혹시, 아주 혹시나 산타클로스, 도깨비, 요술램프 지니가 이 글을 읽고 있다면 부디 주저하지 말고 저에게 투룸 하나 내려 주소서!

더 늦기 전에 숨 고르기

인스타그램에 그림을 올리는 것에 한참 빠져 있던 중, SNS에 각종 콘텐츠를 올려 돈을 버는 기업을 만나게 되었다. 1년 조금 넘은, 젊고 활기찬 스타트업이었다. 온라인 콘텐츠로 수익을 내는 건 나의 꿈이었으니, 이 스타트업은 말 그대로 꿈의 기업이었다. 고대하던 이곳에 에디터로 입사하게 되었다.

입사 첫날, 회사 메신저에 내 아이디가 생기고 각종 대화방에 초대되었다. 불필요한 격식 없이, 문서나 이메일이 아닌 메신저로 대화하는 신선한 문화를 갖춘 곳이었다. 처음 메신저에 초대된 순간, 사원증을 목에 걸었을 때 느낄 법한 몽글거리는 소속감을 느꼈다. 다른 팀 대화방부터 임원 대화방까지 회사 내 거의 모든 소통을 누구나 볼 수 있었기 때문이다. 그날 밤, 이 방 저 방 구경하느라 새벽까지 스마트폰을 놓지 못했다.

메신저가 슬슬 부담스러워진 것은 출근 전 혹은 퇴근 후 호출이 빈번해지면서였다. 이미 공개된 콘텐츠에 오류가 있어서 수정해야 하는 급박한 상황도 있었지만, 굳이 당장 확인하지 않아도 되는 일에도 계속 불려다녔다. 사람들끼리 대화하다가 이름이 언급되면 메신저에 알림이 뜨는 시스템이라 자주 호출되는 게 이해할 수 없는 상황은 아니었다.

하지만 24시간 언제든 호출될 수 있는 상태는 점점 내 숨통을 조여 왔다. 친구와 밥 먹다가도 메신저 알림이 울리면 혹시

나 급한 일일지도 모르니 메신저 앱을 열어 확인했다. 심지어는 여행을 가서도 호텔에 돌아와 매일 몇 백 개 쌓인 대화를 읽었다. 아침에 눈을 뜨면 주중, 주말 할 것 없이 메신저부터 확인했고, 혹시라도 놓친 대화가 있을까 봐 수도 없이 회사 메신저를 드나들었다. 쉬는 중에도 일하는 기분에서 쉽게 벗어나지 못한 채 수개월을 보내고 나니 메신저 소리가 들리면 심장부터 쿵쿵거리는 지경에 이르렀다.

결국 일주일간 휴가를 썼다. 제일 먼저 한 것은 아예 알림이 오지 않도록 스마트폰 자체의 설정을 바꾸는 것이었다. 스마트폰 화면 가장 잘 보이는 곳에 놓여 있던 메신저 앱은 안 보이도록 꽁꽁 숨겼다. 처음에는 불안한 마음에 오히려 더 자주 메신저를 확인하게 되었지만 딱 사흗날부터는 메신저에 기웃거리지 않아도 전혀 불안하지 않았다.

하루 24시간 몸에 밴 '업무 모드'는 단 3~4일이면 충분히 벗어날 수 있는 속박이었다. 24시간 대기 상태에 진이 빠졌을 뿐, 실상 일하는 시간이 24시간인 건 아니었으니, 이 얼마나 무의미한 정신 낭비였는가. 두 눈 질끈 감고 메신저 알림을 끄고서야 매 순간 마음 한편에 지고 있던 짐을 내려놓을 수 있었다.

메신저에 들어가지 않은 일주일간, 회사에도 나에게도 아무 일도 일어나지 않았다. 아, 어쩌면 나에게는 큰일이 일어났던 건지도 모른다. 매 시각 야금야금 받던 스트레스를 비로소 떨쳐 낸 일주일이었으니 말이다.

24시간 접속된 메신저가 있다는 게, 언제든 스마트폰 화면에 알림이 뜨고 누군가 나를 찾을 수 있다는 게, 가끔은 그 자체로 숨이 막힌다. 이 스트레스 상황에서 최고의 대책은 잠시 거리를 두는 것이다. 모든 알림을 과감히 끄고, 누구도 침범할 수 없는 조용한 시간을 가져보자. 별것 아닌 일이 마음에 눌러앉아 버리기 전에 말이다.

의미를 기록하는 의미

나는 기록병 환자다. 기록병이란 일상의 시공간을 빠짐없이 글로 박제하고 싶어 하는 병이다. 증상이 심할 때는 '기록하지 않으면 어떤 것도 의미 없고, 기록으로 남기면 모든 것이 의미 있다.'라고까지 생각했다. 이 명제에 따르면 온종일 예능 보면서 남이 떠먹여 주는 웃음 포인트에 생각 없이 웃은 날도 제대로 기록만 하면 멋지게 보낸 하루가 되는 것이다. 나는 의미 있는 하루를 보내기 위해 호시탐탐 '기록거리'를 노린다. 특히 감정에 조금이라도 변화가 생기는 일이라면 그냥 넘어갈 수가 없다.

몇 년 전, 애인을 처음 만났을 때 일생일대의 극심한 기록병에 시달렸다. 막 사랑에 빠졌을 때만큼 감정이 요동치는 시기가 또 있을까! 손이 저릴 때까지 펜을 쥐었다. 서로만 아는 호칭, 몸짓, 표정, 행동 그리고 사건들이 시시각각 늘었다. 오로지 둘만 공유하는 역사였다. 둘의 기억이 자칫 흐려지기라도 하면 풋풋하고 아름다운 서로의 모습이 이 세상에서 사라지게 될까 조바심이 났다. 기질적인 기록병에 '이것은 나만의 일이 아니라, 우리의 일이다.'라는 소명의식(?)까지 더해져서, 사소한 몸짓까지도 종이에 꽁꽁 담았다.

그렇게 기록된 우리의 모습은 이백 쪽짜리 책이 되었다. 내가 처음으로 제작한 책이자 세상에 단 한 권뿐인 책이다. 대학 시절에 살던 고시촌에는 인쇄물을 가져가면 표지까지 그럴듯하게 제본해 주는 인쇄소가 골목마다 두어 개씩 있었다. 첫 기념일에 맞추어 그간의 기록을 인쇄하고, 곰이 토끼에게 꽃을 주는 그림이 들어간 표지를 직접 디자인해서 제본을 맡겼다. 완성되었다는 연락을 받자마자 인쇄소로 달려갔다.

인쇄소 카운터에는 고시촌 분위기와 전혀 어울리지 않는 작고 귀여운 책이 제일 눈에 띄는 곳에 떡하니 놓여 있었다. 문제집이나 논문 같은 것들을 주로 취급하던 인쇄소라서 그분들에게도 내심 신선했던 모양이었다. 어쩐지 쑥스러워 황급히 책을 들고 나왔지만, 그 안에 두고두고 간직될 우리의 모습이 못내 뿌듯했다.

여전히 나는 기록병 환자이고, 특히 애인과의 일이라면 사관처럼 기록한다. 그래도 조금은 관대해졌다. 의미 있는 일은 기록하지 않아도 의미 있다는 것, 설혹 기억에서 사라진대도 그 순간이 사라지지는 않는다는 것을 이해한다.

그렇지만 훗날 한 번쯤 생각날 때 들여다보고 미소 지을 수 있는 무언가를 남기는 것은, 그 순간을 더 소중하게 만드는 나만의 방식이다.

나의 걱정 인형

기록병의 역사는 한참 거슬러 올라간다. 겨우 글씨를 쓸 수 있었을 때부터 일기를 썼다. 제일 마음에 드는 노트는 번번이 일기장이 되었다. 곰돌이 푸우가 그려진 자주색 노트가 내 첫 일기장이었다. 중고등학생용이라, 글자를 막 뗀 아이가 쓰기에는 칸이 좁았다. 어떻게든 서툰 글자들을 엉겨 넣었다. '치카치카 똘똘이' 인형을 선물 받아서 기쁘다고 쓰고 싶었던 어느 날은, 'ㅋ'과 'ㅌ'을 잘 구분하지 못한 나머지, '치타치타 똘똘이'와 '치카치카 똘똘이'를 번갈아 쓰기도 했다.

담임선생님이 일기장을 검사하기 시작하자, 비밀 일기장을 따로 만들었다. 검사용 일기는 매일 "재미있었다." 아니면 "또 친구와 놀고 싶다." 같은 문장으로 끝났지만 작은 자물쇠가 달린 비밀 일기장에는 완전히 다른 이야기가 기록되었다. 사실 비밀 일기장 앞에서도 비밀을 털어놓을까 말까 망설였다. 적기 전까지는 구름처럼 떠다니던 생각도, 적고 나면 사실이 되어 버리기 때문이다.

결국은 근질거리는 것을 참지 못해, 들키고 싶지 않은 것까지 모조리 털어놓았다. 자물쇠를 꼭 잠그고, 필통 안쪽 깊숙한 주머니에 열쇠를 넣어 두었다. 기쁜 날에는 꼭 써서 남기고 싶었고, 슬픈 날엔 나도 모르게 뭐든 쓰고 있었다. 입에는 담아 본 적도 없는 욕설을 페이지 가득 적으며 묘한 쾌감을 느끼기도 했다. 그런 날이면 일기장을 침대 밑에 숨겼다. 책꽂이에 책등이

뒤로 가도록 거꾸로 꽂아 놓은 적도 있다. 늘 보안이 문제였다.

비밀이 적힌 종이와 공책들이 날이 갈수록 늘어나니 보관과 처리가 걷잡을 수 없이 어려워졌다. 찢어 버리는 것도 불안해서, 잘게 찢은 종이를 한 장 한 장 물에 녹여 변기에 내리기도 했다. 수많은 문장을 물에 담글 때면 심장이 쿵쿵거리고 괜히 얼굴이 벌게졌다.

그토록 숨기고 싶은 것을 굳이 글로 적고 싶었다. 나만 아는 순간에 탄생해서 결국에는 남몰래 버려지는 그것들을 말이다. 뭐든지 글로 꾹꾹 눌러 담으면 나 아닌 다른 존재가 내 이야기를 함께 감당해 주는 느낌이 들었다. 비밀의 절반은 그 존재의 몫으로 두었다. 그럼 나 혼자 오롯이 기억하거나 슬퍼하거나 곤란하지 않아도 된다. 힘든 일이 있을 때면 일기장에 털어놓고, 한결 가벼워진 마음으로 돌아서면 될 일이다.

정제되지 않은 감정을 아무렇게나 쏟아 내고 나면, 일기장에 내심 미안해지기도 한다. 이러다 일기장이 돌연 피를 토하고 죽어 버리는 건 아닐까 싶은 날도 있다. 격한 페이지들은 시간이 지난 후에 다시 봐도 거북해서 못 볼 걸 본 것처럼 홱 넘겨 버린다. 누군가 내 일기장을 몰래 본다면 그게 누구라도 나를 곱게 봐 주지 못할 것 같다.

모난 문장과 못난 비밀을 들어준, 그러고도 어디 숨어 버리지 않고 제자리에 있어 준 일기장에 이 자리를 빌려 고마움을 전한다.

네가 아니었으면 숱한 밤을 못 견뎠을 거야.

면 없는 우동

도쿄 진초보에는 '미래식당'이라는 음식점이 있다. 이름에서부터 느껴지듯 기존 음식점에서는 찾아볼 수 없는 특이한 시스템으로 운영된다. 그중 하나는 기본 차림에 '맞춤 반찬'을 한 가지 더 제공하는 것이다. 그날그날 냉장고에 있는 재료 목록을 손님에게 보여 주고, 손님이 그에 맞춰 음식을 주문한다. 손님이 원하는 재료를 손님이 원하는 방식으로 조리해 주는 것이다. 통상적인 요리법과 다르더라도 되묻거나 다른 방법을 권하지 않는다.*

이를테면 면 없는 우동을 요구할 수도 있는 것이다. 우동을 좋아하지만 국물 속 면이 거슬리는 사람이 있을 수 있다. 미래식당은 그런 사람들의 편이 되어 준다. 굳이 '보통의 우동'에 맞추어 살 필요는 없다고 다독인다. 사람마다 '보통'이 다를 수 있음을 존중하기 때문이다.

세상이 다 미래식당 같지 않다는 걸 깨닫기까지는 오랜 시간이 필요하지 않았다. 신입사원으로서 사장님에게 처음 들은 조언이 "예민하게 굴지 말고, 좀 무뎌져라."였으니 말이다. 문제 일으킬 생각 말고 조직의 기준에 맞추라는 말처럼 느껴져서 곱게 들리지는 않았지만, 조직 최고 강자의 입에서 나왔으니 일단 조언대로 해 보려 했다.

---

* 고바야시 세카이 지음, 이자영 옮김, 《당신의 보통에 맞추어 드립니다》, 콤마, 2017.

말처럼 쉬운 일은 아니었다. 뭔가 잘못된 것 같다는 기분에 종종 휩싸였다. 그때마다 '이건 흔히 일어나는 일이고, 내가 너무 예민한 걸 거야.'와 '그렇지만 아무리 생각해도 안 괜찮아.' 사이에서 끊임없이 밀고 당겼다. 그러다 보면 뭐가 뭔지도 모르는 지경에 이르기 일쑤였다. 괜찮지 않은 나도, 괜찮다는 사람도, 괜찮지 않지만 넘어가는 사람도, 사람들을 그런 상태로 몰아넣은 상황도 하나같이 이상했다. 이해 되지 않는 것투성이였다.

옳고 그름의 문제로 가면 상황은 더 복잡해진다. 그렇지만 느끼는 바도, 생각하는 바도 다른 모두가 한 장면 속에 공존하기 위해서는 최소한 각자의 입장을 존중해야 한다. 내가 우동면을 싫어한다고 모두가 싫어해야 하는 것도 아니지만, 대다수가 아무렇지 않아 한다는 이유 하나로 그간 내게 거슬렸던 우동면이 좋아지는 것도 아니다.

세상에 딱 한 사람만 면 없는 우동을 주문한다고 하더라도, 그 또한 존중받아 마땅하다. 그러니까 나의 틀에 너를 가두지 말고, 너의 틀에 나를 가두지 말자.

나의 보통도 너의 보통도, 전부 보통이니까.

기분학 박사

이중인격을 다룬 소설인 《지킬 박사와 하이드》가 내 이야기가 아닐까 싶을 만큼 나는 기분의 영향을 많이 받는 사람이다. 기분이 좋을 때와 그렇지 않을 때가 극과 극이다. 읽어 본 사람은 알겠지만 하이드는 지킬 박사 내면의 '악'으로, 지킬 박사가 '선과 악을 분리하는 약물'을 복용하여 생겨난 부작용 같은 존재다. 하이드는 밤마다 만행을 저지르고 다니는데, 지킬 박사는 이를 기억하지도 통제하지도 못한다. 이 다소 극단적인 서사에 고개를 크게 끄덕일 만큼, 내 안의 두 극도 서로를 잘 이해하지 못한다.

기분이 좋지 않을 때면 하이드가 스리슬쩍 발동된다. 별것도 아닌 일에 짜증이 솟구치고, '누구든 걸리기만 해.' 하는 전투 모드가 된다. 나 자신을 미워하기도 하고, 있는 친구 없는 친구 할 것 없이 긁어모아 닦달해 인간관계를 망쳐 놓기도 하며, 다 된 일을 그르친다.

이렇게 한바탕한 하이드가 떠난 뒤, '대체 내가 왜 그랬지?' 하며 후회해 봐야 이미 엎질러진 물이다. 모든 걸 파괴하고 마는 하이드를 그냥 둘 수 없으니, 어린아이 달래듯 하이드를 다독이려고도 해 봤다. 그러나 하이드는 차분히 앉아서 조언을 듣지도, 대화하려 하지도 않는다. 그저 생각 없이 날뛰며 전부 망가뜨릴 뿐이다.

무수한 시행착오 끝에 터득한 방법은 하이드가 등장하려 할 때, 하던 것을 멈추는 것이다. 물론 대단한 수련이 필요한 일이긴 하다. 하이드는 뭐든 적극적으로 개입하고 싶어 하기 때문이다. 그럴수록 기를 쓰고 아무것도 하지 않으려고 노력한다. 절대, 절대, 하이드가 중요한 선택을 하거나 소중한 사람을 만나게 두면 안 된다. 절대.

하이드의 기운이 느껴지면 하던 것에서 손을 떼고, 잠깐 잠을 자거나 달콤한 간식을 먹는다. 아예 냅다 몇십 분 동안 울어버리기도 한다. 그러면 십중팔구는 좀 진정이 되고, 하이드의 검은 손으로부터 일단 피할 수 있다. 그래도 찝찝할 때는 차분한 음악을 들으며 일기를 쓰거나, 누군가에게 털어놓는다. 감정에 관해 얘기하려면 그 감정의 원인을 나름대로 떠올려서 나열해야 한다. 분석하는 눈으로 감정을 바라보는 것은 나쁜 감정 해소에 큰 도움이 된다.

애초에 하이드가 나타나지 않도록 사전에 관리하는 것도 필요하다. 기분을 안 좋게 하는 요소를 원천 차단하는 것이다. 수면 부족이나 허기짐, 지옥철, 더럽고 구겨진 옷, 촉박한 시간, 건조한 눈 같은 것 말이다. 충분한 수면 시간을 확보하고, 끼니를 든든히 챙기고, 입을 옷을 미리 옷걸이에 걸어두는 등 조금만 먼저 신경 써도 기분을 쾌적하게 유지할 수 있다.

의욕껏 도전하게 만드는 것, 지쳤을 때 조금 더 힘을 내게 하는 것, 누군가의 잘못에 관대할 수 있도록 해 주는 것, 인생에 활기를 더해 주는 것, 덜 후회할 선택을 하게 하는 것, 사람들과 좋은 관계를 맺게 하는 것, 소중한 사람들에게 관심과 정성을 줄 수 있는 여유를 가지게 하는 것.

이 모든 것은 기분이 허락해 줄 때 가능한 일이다. 즉, 내 안의 지킬 박사가 중심을 잘 잡고 있을 때인 것이다. 그렇기 때문에 기분 관리에 공을 들이는 건 어쩌면 인생을 바꾸는 비법이다.

비록 감정 기복 관리에 나는 여전히 자신이 없고, 하이드를 통제하는 건 아무리 연습해도 어렵다. 그래도 연습만이 살길 아니겠는가. 언젠가는 더 강하고 현명해진 지킬이 내 마음을 깨끗하고 튼튼하게 지켜 주리라 감히 기대해 본다.

단출할수록 좋은 것

마치 질량보존의 법칙처럼 한 번에 감당할 수 있는 친구의 수도 정해져 있는 게 아닐까. 인연은 오고가고, 한 사람과 멀어지면 또 다른 한 사람을 만나게 된다. 가까이 지내던 사람과 소원해지면 잠깐 안타까워하다 머지않아 기억 속에 묻었다. 자연스레 잊혔다. 새로운 만남에 늘 마음이 바빴다.

관계는 오고 가는데, 아는 이름만큼은 계속 늘어만 갔다. 핸드폰 전화번호부는 갈수록 무거워지고, SNS에는 친구가 눈덩이처럼 불어났다. 소셜 네트워크 서비스답게, SNS가 사람을 아주 잘 연결해 주었기 때문이다. 평생 새까맣게 잊고 지냈을 인연까지 굳이 찾게 되었다. 기나긴 친구 목록에는 아이러니하게 친구 아닌 사람이 훨씬 많았다. 누군지 기억도 안 나는 이름도 있었지만, 아무리 온라인상이라도 한번 맺은 친구 사이를 끊어 버리자니 야박한 게 아닌가 싶어서 그냥 두었다.

하루에도 수십 번 들어가게 되는 나의 SNS는 어느새 TMI*의 산실이 되었다. SNS에 들어갈 때마다 굳이 몰라도 되는 소식을 알게 되는 것이다. 한때 친했지만 이제는 어색해진 사람들, 지인이라고 하기도 어려운 사람들, 평생 다시는 연락할 것 같지 않은 사람들이 올린 글과 사진을 의도치 않게 보았다.

추억의 이름을 만나면 반가울 때도 있지만, 가끔은 기분이

---

* TMI는 Too Much Information의 준말. 필요 이상의 과한 정보를 뜻한다.

언짢아지기도 했다. 어느 틈에 변해 버린 우리의 관계가 덧없이 씁쓸하고, 흘러 버린 시간이 야속했기 때문이다. 때로는 안 좋게 끝난 인연의 소식을 보고는 괜히 싱숭생숭할 때도 있었다. 기억에서 지워져 가던 과거 일화들이 다시 떠오르고, 잘 지내는 모습에 괜스레 배 아프기도 했다. 지금의 나와는 아무 관계 없는데도 말이다.

여느 때와 같이 SNS를 들여다보던 어느 날, 친구 목록을 제대로 정리하고 싶다는 충동이 들었다. 수없이 많은 과거의 이름을 안고 살면서 매일 조금씩 시간과 감정을 소비할 필요는 없지 않은가. 그래서 이름들을 과감하게 지우기 시작했다. 얼굴이 전혀 기억 나지 않는 이름부터 지웠다. 열댓 개도 넘는 이름이 금세 지워졌다. 그러고는 점점 범위를 넓혔다. 다시 연락할 것 같지 않은 경우, 굳이 연락하고 싶지 않은 경우, 그리고 연락이 오더라도 받고 싶지 않은 경우까지. 처음 몇 명을 지울 때는 미안한 마음에 주저했는데, 지우다 보니 점점 거침없이 정리할 수 있었다.

마음껏 삭제하고 나니 카타르시스 같은 것이 느껴졌다. 이미 끊어진 지 오래인 이름을 어찌할 바 몰라 짊어지고 살다가 드디어 끊어낸 것이다. 내 현재 인생에 유의미하고 소중한 이름으로만 이루어진 SNS 친구 목록은 놀랍도록 가벼웠다. 스크롤을 아무리 내려도 끝나지 않던 기나긴 목록이 한두 번의 터치만으로도 모두 눈에 들어왔다. 기쁨도 슬픔도 덧없음까지도 나누고 싶은, 현재 나에게 의미 있는 이름만 남았다.

눈에 보이는 이름이 줄었을 뿐인데 실제로 감당해야 할 사람이 줄어든 것처럼 마음이 홀가분하다.

은밀하고 자유로운

"그때가 제일 좋을 때야."

어른들이 건네는 이 말에 공감한 적이 단 한 번도 없다. 어디에서든 웬만큼 잘 적응하고, 그럭저럭 행복한 아이였지만, 이 말을 들을 때마다 반감이 들었다. 이게 가장 좋을 리 없잖아?

내 느낌은 다행히 옳았다. 인생은 조금씩 조금씩 나아졌다. 어른이 되어서는 미성년자일 때보다 즐거웠고, 사회인이 되어서는 학생일 때보다 만족스러웠다. 돌이켜 생각해 보면, 자유로운 영역이 늘어나는 것이 나에게는 곧 행복이었다. 자유도 책임도 없던 시절을 지나 비로소 하나둘씩 '내 것'을 얻어가는 게 기뻤다. 마음대로 할 수 있는 내 시간 그리고 내 공간을 나는 집요하게 늘렸다.

공간에 관해 더 얘기해 보자면, 내 공간의 시초는 안방 한쪽에 있었던 '인형의 집'이었다. 6살짜리 아이가 간신히 들어가 앉을 수 있을 정도로 작은 집 모형이었다. 너무 좁아서 나 말고는 아무도 들어올 수 없었다. 그 좁은 공간에서 혼자 가만히 앉아 보내는 시간은 결코 지루하지 않았다. 비록 인형의 집일 뿐이었지만 내 공간이란 것이 주는 특별함을 어렴풋하게나마 느꼈던 것 같다.

그때의 소박하지만 은밀한 자유도 잊을 수 없는데, 성인이 되고는 아예 혼자 사는 자취방이 생겼으니 그 해방감이야 이루 말할 것도 없었다. 간섭하는 사람 하나 없이, 그 어떤 시선에서도 자유로웠다. 옷을 벗고 있어도 되고, 끼니를 건너뛰어도 되고, 일요일에는 오후 늦게까지 잘 수 있다. 의미도 멋도 없는 춤을 추고, 아무도 듣지 않을 혼잣말을 마구 지껄일 수도 있다. 자취방은 그야말로 무엇이든 내 마음대로 할 수 있는 최초의 공간이었다.

한번은 친구가 나더러 대체 얼마나 대단한 게 있길래 그렇게 집에 가고 싶어하냐고 물은 적이 있다. 만약 자기가 자취한다면 밖에서 마음껏 놀지, 꼬박꼬박 제시간에 집에 들어갈 것 같지 않단다. 자취방에 대단히 사랑스러운 고양이가 있기는 했지만, 그밖에 엄청난 건 없었다. 그저 그 안에서 누리는 정서적 안락함이 너무도 컸을 뿐이다. 누구에게도 들키지 않을 나의 공간에서 느끼는 안전함, 해방감, 그리고 자유로움. 굳이 그 안에서 뭔가를 해서가 아니었다. 오히려 아무것도 하지 않아도 괜찮기에 편안했다.

인생의 시기마다 크고 작은 구속이 있을지라도 지금껏 이만큼 자유로워진 것처럼 앞으로도 자유로워지기를 간절히 바란다. 만나야만 하는 사람을 줄이고, 만나고 싶어서 만나는 사람을 늘리는 것. 해야만 하는 일을 줄이고, 하고 싶은 일을 늘리는 것. 마음대로 할 수 없는 시간을 줄이고 마음껏 내키는 대로 하는 시간을 늘리는 것. 남의 눈을 의식해야 하는 공간을 줄이고 누구도 침범할 수 없는 내 공간을 확보하는 것.

내가 걷는 길이 그런 방향이기를,
내 앞에 놓인 생이 그런 모습이기를 꿈꾼다.

미니멀리스트 연습

전 회사에서 직원들의 집중력과 순발력이 급격히 올라가는 시간이 있었다. 바로, 안 쓰는 물건을 직원들끼리 '무료 나눔' 하는 시간. 사내 메신저에 "이어폰 무료 나눔 합니다!"라고 누군가 올리면, 제일 먼저 손 드는 사람이 새 주인이 되는 방식이다. 이 무료 나눔에는 스마트 스피커나 명절 선물 세트 같은 탐나는 물건들이 올라오기도 했는데, 그만큼 경쟁이 매우 치열해서 늘 몇 초 만에 마감되었다.

나는 어느 무료 나눔에나 빠지지 않고 등장하는, 자타공인 '물욕 왕'이었다. 메신저에 무료 나눔과 관련된 단어—'필요하신 분', '가지실 분', '나눔'—가 뜨면 알림이 울리도록 설정해 두었기 때문에 승률도 제법 좋았다. 일단 알림이 뜨면 물품이 뭔지 읽기도 전에 "저요!"를 외쳤다. 어디에 쓰는 건지 도통 모르겠는 물건을 손에 넣은 적도 간혹 있었다.

물건을 계속 들이더라도 필요 없어졌을 때 버릴 줄 알면 적당한 균형을 유지할 수 있다. 하지만 나는 잘 쓰지 않는 것에도 미련을 두는 스타일이다. 당장은 안 쓰지만 언젠가 한 번은 쓰지 않을까 싶어서 일단 남겨 둔다. 오랜 시간이 흘러 정말로 쓸 일이 없어질 때쯤이면, 추억의 물건이 되어 버리지 못한다. 결국 새것 헌것 할 것 없이 전부 이고 지고 산다. 방은 늘 북적이지 않는 곳 없이 소란스러웠다. 켜켜이 쌓인 물건들에 질식한다고 해도 놀랍지 않았다.

물건을 과감히 정리하겠다고 결심한 적도 있지만 갑자기 그러기도 쉽지 않았다. 그러던 어느 날, 대책으로 떠올린 것이 '하나 사면 둘 버리기'이다. 새 물건을 하나 들일 때마다 가지고 있던 두 개를 버리는 것이다. 소비도 줄이고, 살림도 어느 정도 정리하여 결국에는 내 방에 숨 쉴 틈을 마련하는 게 목적이었다.

결심이 선 바로 다음 날부터 갖고 싶은 것이 생겼다. 들고 다니면서 쓸 작은 스케치북이 있으면 좋겠다고 늘 생각했는데, 마침 딱 알맞은 귀여운 노트가 눈앞에 있는 게 아닌가! 평소 같으면 지갑 사정만 대충 살피고 결제했을 것을, 입술을 잘근잘근 씹으면서 고민하기 시작했다. 과연 이미 가진 물건 두 개를 버릴 만큼 갖고 싶은 노트일까?

한참 머리를 굴리다, 입술에 맞지 않아 몇 달째 방치하고 있는 립밤과 동거 고양이 나몽이가 가지고 놀다가 다 뜯어 버린 머리끈을 버리기로 했다. 몇 번 쓰지 못하고 넣어둔 립밤은 아까워서, 나몽이가 뜯어 버린 머리끈은 나몽이가 좋아해서 못 버리고 있었던 건데, 아주 예쁜 노트를 사는 대가라 생각하니 미련이 사라졌다. 고백하자면, 문구류는 내가 원래 제일 취약한 영역이다. 예쁜 문구 앞에 무릎 꿇지 않는 일이 거의 없다.

비록 그날은 노트 앞에 굴복했지만, '이미 가진 것 두 개를 버려도 괜찮을 만큼 사고 싶은가?' 하는 예선 심사는 생각보다 자주 물욕을 꺾었다. '당장 필요하진 않지만 일단 세일하고 있으니 미리 사 두자!'라는 생각으로 뭔가를 사 버리는 일은 현격히 줄었다. 아무리 좋은 조건이라도, 끼고 살던 정든 물건 두 개를 버려도 기분이 좋을 만큼 가지고 싶어야 예선을 통과한다.

몇 달이 지났다. 여전히 새 물건을 들였지만, 확연히 줄어든 소비가 그간의 흥청망청했던 소비를 방증했다. '하나 사면 둘 버리기' 규칙에 따라 가진 물건을 꽤 버렸는데도 생활에 1%의 지장도 없었다. 덩치 큰 물건을 버려 텅 비어 버린 공간이 속 시원한 걸 보면, 삶의 질이 조금은 나아졌는지도 모른다.

처음 물건을 버릴 때는 무엇을 버려야 할지 힘껏 머리를 굴려야 했지만, 이제는 버려도 될 물건이 눈에 보인다. 없으면 살 수 없는 것과 있든 없든 상관없는 것을 구분할 수 있는 눈이 조금씩 생기고 있다. 마구잡이로 섞여 있는 물건 무덤 틈에서 가장 소중한 것을 구출해 내는 기분으로, '하나 사고 둘 버리기'를 계속 시행하고 있다.

신중하게 가려내 소중한 것만 남은, 한결 가뿟한 삶에 한 발자국씩 다가가는 중이다.

재미있고 의미 있게

과연 직장인이 될 수 있을까, 하는 의구심이 처음 든 것은 출근 시간 지하철 2호선을 탔을 때였다. 대학교 3학년 여름, 행정고시 고사장에 가는 길이었다. 지옥철이 즐거운 사람이 어디 있겠냐마는 정말로 모두의 얼굴이 그늘져 있었다. 웃음기라고는 찾아볼 수 없는 그 모습을 보며, 사회인으로서 한 사람의 몫을 한다는 게 생각보다 훨씬 무거운 일임을 실감했다. 나는 아늑한 침대를 간절히 떠올리며 지옥철 몇 정거장을 겨우 견뎠다. 한 자리 차지해 보려는 굳은 결심으로 시험장에 가도 모자랄 판에, 그런 해이한 정신상태였으니 결과는 뻔했다.

옴짝달싹 할 수 없었던 지옥철에서의 시간이 이후로도 간간이 떠올랐지만 떨쳐내고자 애썼다. 그 나이가 되면 다 그렇게 할 수 있을 거라고 대충 결론 지었다. 그리고 진심으로 바랐다. 고된 일상의 무게도 견디게끔 하는 의무감이 사원증을 목에 거는 순간 생기기를, 그 무게를 이겨 낼 수 있기를 말이다.

안타깝게도 직장인이 되고 얼마 지나지 않아 모두가 그럴 수 있는 건 아니라는 걸 깨달았다. 다행히 직장 근처에 방을 얻어 지옥철을 탈 일은 없었지만 사회생활에는 지옥철보다 견디기 힘든 숨 막히는 일이 많았다.

비윤리적인 업무에 토 달지 않기,
회식도 업무의 연장이니 군소리 없이 새벽까지 자리를 지키기,

대접을 노골적으로 바라는 상사 앞에 못 이기는 척 아부하기,
바쁘지 않아도 가끔은 야근하는 모습을 보여 주기,
그리고 이 모든 것을 당연하다고 생각하기.

고용계약서에 서명할 때만 해도 정해진 근무 시간 동안 내가 가진 능력을 내주는 계약인 줄로만 알았다. 나 그리고 내 일상 전체와 하는 계약이라는 것을 아무도 얘기해 주지 않았다. 정신 차려 보니 나는 정신건강 60%, 시간 20%, 신체건강 15%, 그리고 능력 5% 정도를 한데 섞어서 다달이 회사에 팔고 있었다. 동기든, 선배든, 상사든 같이 회사 다니는 사람들은 덕담처럼 이런 말을 했다.

"힘드니까 월급 주는 거야. 편하려면 돈 내고 회사 다녀야지."
"회사에서 재미 찾거나 자아실현 하려는 것 자체가 잘못된 생각이야."

마르고 닳도록 들은 저 문장들에 지금도 적응이 되지 않는다. 그때도, 지금도 도무지 웃음 지을 수 없다. 같은 일이라도 누구에게는 재미있을 수도, 누구에게는 고역일 수도 있다. 재미있는 일도 화폐적 가치를 지닐 수 있고, 또 힘든 일이라고 해서 다 돈이 되는 것도 아니다. 편하고 재미있는 노동도 있는데 괴로워야 값어치 있는 노동이라 여기는 것을 이해할 수 없었다. 피차별로라 생각하는 관행을 엄숙한 조직생활의 당연한 단편인 양

생각하는 것도 싫었다. 즐거운 일만 하면서 돈 벌기를 기대하는 건 아니지만, 자조적이고 수동적인 분위기는 재미있는 일도 재미없게 하고, 회사에서 보내는 시간을 정말로 무의미하게 만들었다.

그래서 얼마 못 가 그만뒀다.

충분히 의미 있게 보낼 수 있는 시간과, 재미있는 곳에 쓸 수도 있는 체력을 더 이상 낭비하고 싶지 않았다.

나를 회사에 그만 팔기로 했다.

회사만큼 내 시간과 건강에 비싼 값을 쳐주는 곳이 없다고 해도, 나에게 당연하지 않은 것을 당연하게 받아들여야 하는 곳에 언제까지고 머물 수는 없는 일이다. 한 번뿐인 인생, 한정된 시간과 체력을 최대한 의미 있는 곳에 쓰는 것이 '돈 벌려면 치사해도 참고 사는 거야.'라는 말보다 나에게는 더 당연하니까.

지금 내 배 속에 들어갈 것

마음의 양식은 책이라지만, 사실은 음식이야말로 몸뿐만 아니라 마음까지도 충만하게 해 주는 최고의 양식이 아닐까? 마음이 뻥 뚫린 것 같을 때 좋은 책이 힘이 되기도 하지만, 글자가 도통 눈에 안 들어 오는 날도 있다. 책 읽는 것 자체가 사치인 날. 그런 허한 날, 나는 푹 자고 일어나서 주방으로 향한다. 냉장고를 들여다보며 '지금 내가 뭘 먹고 싶은지'를 떠올려본다. 단 것? 짠 것? 매운 것? 차가운 것? 뜨거운 것? '현재 입이 뭘 원하는지' 외에 다른 것은 중요하지 않다.

하루 중 오직 '나의 현재'를 위해 사는 시간이 얼마나 될까. 우리가 하는 일 대부분은 미래를 향해 있어서, 오늘을 살면서도 오늘의 나를 위해 보내는 시간은 그리 길지 않다. 어딘가에 대고 계속 노력하는데 정작 지금 내 손에 잡히는 건 아무것도 없다는 공허함에 휩싸이곤 한다. 하지만 요리는 손에 잡히는 재료와 도구로, 실제로 먹을 수 있는 음식을 만드는 과정이다. 이보다 현실적인 게 또 있을까.

요리하는 동안은 신경 쓸 게 한둘이 아니라, 현실에 지극히 충실히 임할 수밖에 없다. 하물며 라면만 해도 조리하는 10분간 몸이 분주하다. 끓는 물에 스프와 면을 넣어 두고는 한쪽에서 달걀을 푼다. 시간을 계속 확인하며 면을 뒤적거린다. 적절한 시점에 달걀도 넣어야 하고, 마지막에 넣을 대파와 참기름 한 숟가락도 잊지 않아야 한다.

그렇게 완성된 라면을 먹는 순간에도 요리는 계속된다. 김치를 올리기도 하고, 한 숟가락에 올라갈 국물과 면의 최적 배합을 찾는다. 찬밥을 꺼내 와 국물에 말아 먹기도 한다. 그렇게 마지막 숟가락을 내려놓은 뒤에야 길었던 요리 과정이 막을 내린다. 요리는 맛과 포만감이라는 즉각적인 보상으로 이어진다. 이 보상은 때로는 너무 커, 요리에 집중한 한 시간이 하루치의 행복이 되기도 한다.

마음이 허해서 손에 잡히는 게 없거든,
냉장고를 열고 요리 재료를 손에 잡아 보자.

당신의 손끝에서 탄생한 요리는 허기진 배뿐만 아니라 공허한 마음까지 따듯하게 채워 줄 것이다.

덕후의 집

유년의 기억 속 우리 모두는 무언가의 덕후였다. 공룡 이름을 줄줄 외웠고, 자동차 모형을 모으거나, 종이인형 옷을 종류별로 그리기도 했다. 공룡을 좋아하는 아이에게 곤충 그림책을 들이밀거나, 종이인형 덕후에게 자동차 모형을 사다 줘 봐야 별 소용이 없다. 잠깐 갖고 놀 뿐, 이내 밀어둔다. 어린이들은 자기 취향을 참 쉽게도 찾는다. 좋은 건 좋고, 싫은 건 싫고, 결코 타협하지 않는다.

나는 동물 덕후였다. 토끼, 햄스터, 기니피그, 고양이, 앵무새까지 동물이라면 전부 좋아했고, 그중에서도 강아지를 제일 좋아했다. 공룡 덕후가 공룡 이름을 외우듯, 나는 강아지 종을 달달 외웠다. 아메리칸 코카 스파니엘, 잉글리쉬 쉽독처럼 길고 복잡한 이름도 막힘없었다. 강아지와 관련된 신문 기사는 가리지 않고 스크랩했다. 하도 읽어서 너덜너덜해진, '애완견 기르기' 같은 책으로 가득 찬 책꽂이 한 칸은 내 자부심이었다.

어릴 때 그렸던 그림에도 동물 사랑이 잔뜩 묻어 있었다. 그림마다 사람보다 동물이 훨씬 자주 등장했다. 가끔은 미래에 살고 싶은 집을 그리기도 했는데, 동물 덕후가 그린 집은 남달랐다. 방이 일곱 개는 필요했다. 내 방은 하나였고, 나머지 방은 동물들 차지였다. 고양이 방, 토끼 방, 앵무새 방…… 각 방에 동물을 서너 마리씩 그린 다음, 예삐나 뽀삐 같은 이름도 지어줬다. 그리고 커다란 앞마당에 오리 몇 마리와 다람쥐를 그리는 것으로 마무리했다.

동물 덕후는 자라서 고양이 한 마리를 기르는 '집사'가 되었다. 기르고 싶다고 꿈만 꾸었던 동물을 이젠 매일 쓰다듬을 수 있으니, 성공한 덕후가 따로 없다. 그렇지만 딱 하나 아쉬운 것은 마음을 흠뻑 쏟을 줄 아는 덕후였던 내 모습을 잃었다는 것이다.

살고 싶은 집을 지금 다시 한번 그린다면, '사람 사는 집인지, 동물 사는 집인지 모를 집'을 그리지는 못할 것 같다. 잡지나 TV에서 숱하게 본 '좋은 집'은 그런 게 아니지 않은가. 기껏해야 현관에 커다란 기린 인형이나 놓을까, 널찍한 거실에는 TV와 소파가, 주방에는 원목 식탁이, 집 한쪽 구석에는 그럴듯한 옷 방이 있어야 한다.

그런데 있어야 할 것을 다 갖춘 '좋은 집'은 근사하지만 재미가 없다. 굳이 내 집이 아닌 다른 이의 집이라고 해도 전혀 이상할 게 없는 무난한 집일 뿐이다. 가슴이 설레지는 않는다.

반면 고양이만 기르면 토끼가 서운해할까 봐, 토끼만 기르면 고양이가 서운해할까 봐, 동물 방을 일곱 개씩이나 그렸던 맹랑한 동물 덕후의 집은 말이 안 될지언정 틀림없이 재미있다. 문방구에 강아지가 그려진 카드가 새로 나왔는지 확인하는 게 일과였던 그 시절, 나는 산책 나온 강아지만 봐도 "세상에, 너무 귀여워! 비숑 프리제다!"라고 외치며 들떴다.

뭔가에 관심을 기울이고 애정을 쏟으면, 딱 그만큼 인생이 더 풍부해지고 즐거워진다. 누군가는 지나칠 풍경일지라도, 관심을 기울이는 사람에게는 기쁨의 순간이 되기도 한다.

세상을 몇 초 더 들여다보고,
몇 분 더 느낄 수 있으니,
마음 둘 곳 있는 덕후는 얼마나 복 받은 사람인가!

좋아하는 것을 마음껏 좋아하던 그때 그 어린이가, 동물들에게 모든 걸 내어주고도 풍요로웠던 그 모습이, 가끔은 그립다.

나만의 플레이리스트

가장 소중한 물건 세 개를 꼽으라면 그 안에 꼭 들어가는 것이 '핸드폰'이었다. 24시간 소지하는 유일한 물건이기도 했지만, 핸드폰이 유독 특별했던 것은 그 안에 나의 작은 세계가 담겨 있기 때문이었다. 추억이 담긴 사진, 즐겨 듣는 음악 몇 곡, 저장해 둔 문자 메시지, 취향껏 꾸민 배경화면까지. 문자 메시지는 20개까지 따로 보관할 수 있었는데, 설레는 순간을 고르고 골라 핸드폰 한구석에 숨겨 두었다.

스마트폰 시대로 넘어오면서 기기는 말도 안 되게 좋아졌지만, '가장 소중한 물건'에서는 차츰 밀려나게 되었다. 꼭 그게 아니더라도 로그인 한 번이면 어느 기기에서든 내 모든 정보가 불러와진다. 몇 년간의 문자 메시지가 하나도 빠짐없이 모조리 남고, 사진도 수천 장이나 저장된다. 적은 용량 탓에 보관할 문자 메시지를 엄선하는 건 과거의 일이 되었다. 음악은 굳이 따로 저장할 필요도 없이 스트리밍 서비스를 이용하게 되었으니, 그야말로 무수한 콘텐츠를 즐길 수 있다.

요새 스트리밍 서비스는 매우 똑똑해서 맞춤형 콘텐츠를 제공한다. 사용자가 즐겨 소비하는 콘텐츠를 분석하고, 그와 유사한 콘텐츠를 추천해 준다. 예를 들어 피아노 연주곡을 반복해서 들으면, 그걸 기억해 두었다가 다음에 접속했을 때 비슷한 피아노곡을 화면에 잔뜩 띄워 주는 식이다. 추천곡이 귀에 거슬리는 일이 많지 않은 것으로 봐서, 아주 영특한 서비스인 게 분명하다. 굳이 한 곡 한 곡 고르는 수고로움 없이도 꽤 괜찮은 노래를 들을 수 있으니 나도 모르게 재생 버튼을 누르게 된다.

추천 리스트의 이름은 갈수록 세세해진다. '비 오는 날 들으면 좋은 연주곡', '우울할 때 듣는 어쿠스틱', '뉴욕 카페에 온 듯한 재즈' 같은 이름으로 비슷한 분위기의 노래를 수십 곡씩 소개해 준다. 듣다 보면 기가 막힌다. 실제로 비가 오는 것처럼 감성에 젖게 되고, 우울할 때 잔잔한 위로를 받고, 놀랍게도 뉴욕 카페에서 틀어 줄 법한 노래를 골라놨다. 뉴욕 카페에서 노래를 들은 기억은 없지만, 정말 그런 노래가 나올 것만 같다.

내가 들을 노래까지 직접 골라 주는 아주 성실한 서비스. 개인 맞춤형이기 때문에, 나에게 추천해 준 리스트는 또 다른 취향을 가진 누군가의 리스트와는 전혀 다르다. 두툼한 폴더폰 시절에 소꿉장난하듯이 꾸민 내 세계보다 훨씬 방대한 내 세계가 자동으로 스마트폰 안에 구현되었다고 볼 수도 있겠다. 취향에 맞는 콘텐츠로 가득하니 말이다.

그런데 이 광활한 '내 세계'에는 좀처럼 애착이 가지 않는다. 오로지 나만을 위해 노래를 골라 주는데도 내 것 같은 소중한 느낌이 들지 않는다. 가장 개인적이어야 하는 취향의 영역을 침범당한 기분이 자꾸만 든다. 나를 대신해서 내 취향을 정의하고, 비슷한 곡을 자꾸 보여 준다. 게다가 비 오는 날에는 이런 곡을 들으라고, 우울할 땐 이런 곡을 들으라고, 뉴욕 카페는 이런 느낌이라고 자꾸만 얘기해 주는데, 과연 이게 내가 만든 내 세상이 맞을까?

직접 한 곡 한 곡 들어 보며 좋아하는 노래를 고르고, 수십 장 사진을 오래 들여다보다 제일 잘 나온 몇 장만 남기고, 소중한 문자 메시지를 겨우 골라 고이 저장해 두는 그때의 내 세계는 확실히 내 것이었다. 수고로웠던 만큼 더 간절하고 의미 있는 '내 것'이었다.

예전처럼 굳이 수고하지 않아도 되는 지금 과연 '내 세상'이란 게 있긴 한 걸까.

인생에 더 많은 크리스마스 아침을

12월은 최고의 달이다. 알록달록한 트리가 밤에도 반짝거리고, 귤이 잔뜩 든 상자가 방 한 구석을 차지하고, 색소폰 소리가 길거리를 감싼다. 서로 수고했다고 인사 나누고 못 보던 반가운 얼굴도 보면서 한 해가 비로소 꽉 찼음을 느낀다. 오직 그 충만한 마무리를 향해 1년간 힘내서 달렸다는 기분까지 든다.

12월이 좋은 이유는 수도 없이 들 수 있지만, 절대 빼놓을 수 없는 하나는 크리스마스 선물이다. 산타클로스의 비밀을 깨닫고도 몇 년이 지나 초등학교 고학년이 될 때까지 나는 산타클로스를 믿는 척했다. 그래야 몇 해 더 크리스마스 선물을 받을 수 있을 거라는 계산에서였다.

믿는 척을 그만둔 것은 산타클로스가 영어 소설책 같은 것을 가져다줄 무렵이었다. 어찌 되었든 어릴 때 받은 미니 마우스 손목시계, 말하는 병아리 인형, 자주색 노트 같은 크리스마스 선물들은 유년의 행복한 기억으로 남아 있다.

매해 크리스마스에는 새벽부터 눈이 떠졌다. 산타클로스가 선물을 잘 가져다 놓았는지 궁금해서, 새벽 내내 몇 번이고 방에서 기어 나와 트리 밑을 살펴보았다. 선물이 미처 도착하기 전부터 나는 들썩였다. 아침이 오도록 잠 못 든 채로 이불 속에서 보낸 벌렁거리는 한두 시간은 지금까지도 생생하다.

그날처럼 알람 시계 없이 일어나는 게 좀처럼 흔한 일은 아니다. 설렘으로 눈이 떠지는 날은 크리스마스처럼 뭔가 특별한 날이다. 소풍, 첫 데이트, 여행, 기념일, 기다리고 기다리던 택배 오는 날. 그런 날은 전날의 피로가 쌓여 있어도, 잠을 적게 잤어도 눈이 번쩍 떠진다. 평소 같았으면 알람이 울릴 때까지 더 누워 있을 텐데 깃털이라도 된 듯이 가볍게 침대를 나선다.

가슴 뛰는 일은 가끔 찾아오지만 그 며칠이 가지는 힘은 무척 세다. 크리스마스가 12월 한 달을 행복하게 만들듯, 어떤 소중한 사건은 며칠, 몇 주의 일상에 활기를 불어넣어 준다. 과거를 추억할 때도 밋밋한 날보다는 인상적인 감정이 일었던 날이 기억나는 걸 보면, 결국 마음으로 느낀 만큼 살아가는 것 같다.

감정을 마음대로 하기는 꽤 어렵지만 즐거운 사건을 만드는 것은 내 힘으로도 가능하다. 말 그대로, 일상 곳곳에 크리스마스 아침을 심어 두는 것이다.

제일 쉬운 방법은 평범한 날에 나름대로 이름을 붙여서 의미를 만들어 내는 것이다. 직장인은 월급날이, 살 빼는 사람은 정크 데이(마음대로 먹는 날)가, 학생은 방학식이 제일 기다려지기 마련이다. 이왕이면 이런 특별한 날을 일상에 몇 번 더 만들려고 한다. 그래서 나는 달력을 펴서 가장 지루할 무렵을 따져보고 적당한 날에 이름을 붙인다.

'야식으로 떡볶이 먹는 날'
'입욕제 넣고 반신욕 하는 날'
'나에게 작은 선물 주는 날'
'머리하는 날' 같은 이름을.

언제든 할 수 있을 만큼 사소하지만 언제 해도 즐거운 일들을 곳곳에 배치해 두는 것이다. 미리 일정에 넣어 두면 충동적으로 할 때보다 며칠, 몇 시간 일찍부터 설렌다.

평범한 날도 특별한 이름이 붙으면 크리스마스가 될 수 있다. 그렇게 새로 만든 크리스마스들이 인생에 더 자주 찾아오기를 바란다.

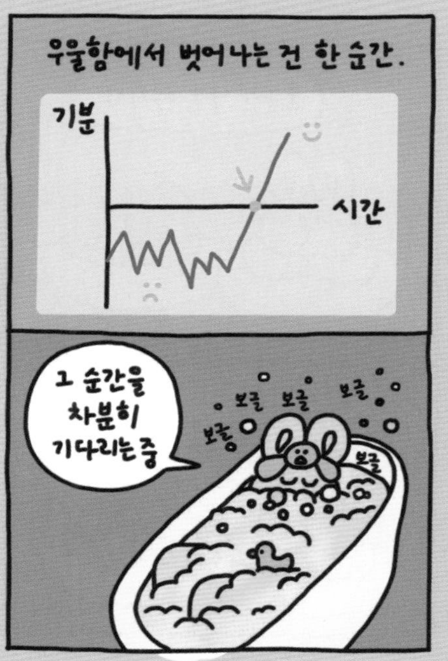
우울함에서 벗어나는 건 한 순간.
기분
시간
그 순간을
차분히
기다리는 중
보글
보글
보글
보글
보글

오늘만 날은 아니야
맞아! 우리 기운내자 ~

피곤해..
적당히 듣고
적당히 거르자

STEP 4

나의 페이스메이커들에게

그럴 땐 바로 토끼시죠

공감은 나의 힘

'이게 작가로 사는 건지도 모르겠다.'고 어렴풋이 느끼게 된 것은, 뭔가를 쓰거나 그리지 않는 날이 없어지고 나를 '작가'라고 불러주는 사람들이 하나둘 생기면서부터였다. 한 번은 잡지에 토끼툰이 소개되었는데, 인터뷰를 진행하신 기자님이 그달 잡지를 집으로 부쳐 주셨다. 비즈니스의 상징인 누런 서류봉투에 '작가님께'라고 쓰여 있는 걸 보고는, 잡지보다 봉투를 애지중지한 적도 있다. 한편으로는 그 호칭이 무척 낯간지러웠다. 평범한 토끼 그림이 작가로서의 첫걸음이 되리라고는 꿈에도 몰랐기 때문이다.

콘텐츠 만드는 사람에게는 독자가 가장 큰 선물이자 속박이다. 쓰고 싶고, 그리고 싶고, 아이디어가 넘치는 즐거운 날만 있으면 좋겠지만, 책상 앞에서 두 시간씩 멍 때리고, 하얀색 화면을 노려보는 날이 더 많다. 떠오르는 게 전혀 없는 날이나 내가 가는 길이 미심쩍은 날도 수없이 찾아온다. 이런 시간을 버티게끔 해 주고, 다시 무언가를 생각해 내게끔 하는 강력한 원동력은 구독자들에게 있다.

고마운 것은 그뿐이 아니다. 그들은 콘텐츠를 소비하는 사람이기에 앞서 나와 공감대를 형성하는 사람들이다. 그 존재 덕에 큰 위로를 받는다. 구독자들이 세상 곳곳에 점처럼 흩어져 살고 있던 '나와 꼭 닮은 사람들'이 아닐까 생각한 게 한두 번이 아니다. 토끼툰은 일상 속에서 느끼는 사소한 감정을 별 상황

설명 없이 간결하게 그린 그림이다. 독자를 염두에 두기도 하지만, 기본적으로는 나의 개인적인 이야기이다. 그런데도 '공감되었다.', '위로 받았다.'는 응원 댓글이 달린다. 가끔은 성격 검사 결과를 물어오는 구독자도 있다. 아무리 봐도 자기와 너무 닮아서, 아무래도 같은 타입일 것 같다면서.

내가 경험하고 느끼는 것은 고유하고 특별하기를 바란다. 그러면서도 '나만 이런가?' 하는 껄끄러운 기분을 함께 가진다. 타인과 구분되고 싶으면서도 오리 무리에 낀 외로운 미운오리새끼가 혹시 내가 아닐까 하는 공포가 문득 밀려온다. 그럴 때면 이 세상에 나뿐이 아니라는 확신을 내 밖에서 찾게 되기 마련이다.

구독자와 나는 서로의 감정을 정당화하고 위로해 준다. 내가 느끼는 감정을 그림으로 그리는 것이 구독자에게 위안이 되고, 또 그들이 느끼는 감정이 나에게 위안으로 되돌아오는 행복한 순환을 하고 있다. 이 정도면 내가 최선을 다해야 하는 이유로 충분하지 않은가. 오늘도 꼭 그림을 그려야겠다.

그 시절 우리의 낭만

중학생 때는 함께 화장실을 가는 사이냐에 따라 친한 친구인지가 결정됐다. 그 시절 중요한 사건은 다 화장실에서 벌어졌다. 겨울에 화장실 라디에이터 앞에 빙 둘러앉아 얘기하는 것은, 점심시간에 몰래 학교 밖으로 빠져나가 떡볶이를 사 먹는 것과 더불어 최고의 낭만이었다. 중학생이었던 우리에게 화장실 없는 일상은 상상할 수 없었다.

나의 화장실 메이트는 주로 Y였다. 우리는 거울을 보며 립밤을 바르거나 머리를 다듬었다. 서로만 아는 비밀 얘기를 소곤거리면서 말이다. 다른 반이 되고서도 화장실은 우리가 계속 인연을 이어가게 해 준 장소였다. 그렇게 화장실에서 시간을 축내던 우리는 어느새 직장이 어떻고, 상사가 어떻고, 월세가 어떤지 토로하는 나이가 되었다.

Y의 첫 직장은 면세점이었다. 일도 재밌고 같이 일하는 사람들과도 잘 맞았다고 했지만 오래 못 가 그만두었다. 왜인고 하니, 면세점 일정에 따라 쉬는 날이 들쭉날쭉이라 주말을 보장받지 못한다는 것이었다. Y는 어려서부터 독실한 신앙심을 가진 아이였다. 주말이면 종교 활동으로 시간을 보내는 친구에게 일요일이 없는 건 일상 전체가 흔들리는 일이었다.

각자의 인생에는 무엇과도 바꿀 수 없는 것이 있다. Y에게는 종교 활동인 것처럼 누군가에게는 평일 저녁의 취미 생활일 수 있고, 다른 누군가에게는 경제적인 안정일 수도, 명예일 수도 있다. 결코 포기할 수 없는 중요한 것을 강제로 빼앗긴 사람은, 다른 조건을 아무리 완벽하게 갖춰도 불안하고 위태롭다.

중학생 시절 우리에게 화장실은 그런 중요한 공간이었다. 학교에서 갑자기 화장실 사교 활동을 금지했다면 틀림없이 일상이 송두리째 흔들렸을 것이다. 아마 대부분 거세게 반발하고, 어차피 지키지 않을 것이라고 삐졌을 것 같다. 학교 내에는 화장실을 대체할 만큼 사적이고 아늑하며 남들 눈을 피할 수 있는 공간이 없으니 말이다. (비록 지금은 비위생적이라는 생각이 제일 먼저 들지만.)

건강한 일상을 꾸리기 위해서는 내가 무엇을 포기할 수 없는지를 먼저 알아야 한다. 단순히 그것이 없다는 상상만으로도 정신이 아득해지는 것, 바로 그게 당신 삶에 꼭 필요한 '무엇'일 것이다. 험한 세상이 아무리 방해한다고 해도, 그것만큼은 꼭 지켜내기를 바란다.

외로운 권력

슬픈 기사 하나를 읽었다. 권력을 가진 자일수록 공감 능력이 떨어지는 경우가 많다는 내용이었다. 권력을 가진 자가 웃으면 사람들도 따라 웃어 주고, 화를 내면 같이 화를 내 주기 때문에 공감 능력을 발휘할 기회도 필요도 점점 없어진다는 게 요지였다.

아니나 다를까, 사회생활을 하며 만나뵌 어떤 사장님은 무척 외로워 보였다. 엘리베이터 문이 열렸을 때 사장님이 보이면 직원들은 후다닥 흩어졌다. 갑자기 핸드폰을 두고 왔다는 둥, 다이어트 중이라 계단으로 다니기로 했다는 둥. 사장님을 노골적으로 따돌리는 것 같아서 지켜보던 내가 다 당황스러웠다. 다행히 사장님은 번번이 꽉 찬 엘리베이터를 탓했지, 직원들이 자기를 피한다고는 차마 생각하지 않는 것 같았다. 사내 식당에서 사원급 직원들과 함께 둘러앉아 밥 먹는 사장이라는 게 그의 자부심 중 하나였으니 말이다.

사장님 앞에서는 모두 방긋방긋 웃으면서 사탕발림하니 그렇게 생각할 만도 했다. 사실 나는 아부라는 게 어떻게 벌어지는 일인지 내 두 눈으로 직접 보기 전까지 이해할 수 없었다. 아부하는 사람도, 받는 사람도, 주변에서 듣는 사람도 모두 아부라는 걸 알 텐데, 과연 무슨 효과가 있을지 의문이었다. 그런데 실상은 받는 사람만큼은 죽었다 깨도 모르는 게 아부였다.

이런 식이다. 무슨 일을 잘했다고 칭찬해 주는 사장님에게,

"다 사장님께서 좋은 기회를 주셔서지요. 아무래도 오늘이 제 생일인가 봐요. 저한테 그런 감사한 선물을 주시다니!"라고 아무렇지 않게 대답하는 것. 사장님의 신뢰를 받기로 유명했던, 회사 생활 5년 차 대리 언니의 멘트였다. 회식 자리 옆 테이블에서 오가는 그 대화를 엿들은 우리 테이블 신입사원들은 귀를 의심했다. 아무리 감사해도 그렇지……. 그러나 사장님만큼은 인자하게 웃으면서 아이처럼 좋아했다. 어느 정도 포장이 있다고는 생각했을지 모르겠지만, 그 진정성에는 전혀 의심이 없는 눈치였다. 마음이 복잡했다.

회사 생활 5년이면 그런 말을 할 줄 아는, 아부 경력 5년 차가 되는 걸까. 적어도 누군가의 아부에 이렇게 답답한 마음이 드는 일은 점점 없어지겠지. 번지르르하고 속 빈 말이 자연스럽게 오가는 사회에 무뎌질 테니.

사실 그런 말을 하는 사람이 되는 것보다도 더 싫은 것은, 그런 말을 듣고도 진심인지 아부인지 구분하지 못하는 사람이 되는 것이다. 회사 생활을 오랫동안, 아주 열심히, 매우 성공적으로 했을 때 비로소 앉게 되는 자리가 고작 그런 것이란 말인가. 높은 자리에 오르고 돈을 많이 벌어도, 뻔한 아부에 속는 사람이 된다면 그게 다 무슨 소용인가. 고작 스물 몇 살짜리 눈에도 바보처럼 보이는 사람이 되고 만다면.

권력이 얼마나 달콤한 것인지 나는 잘 모른다. 그렇지만 권력을 얻을수록 사람들이 점점 나를 진심으로 대하지 않고, 나 또한 타인의 마음을 이해하는 능력을 점점 잃어간다면, 그건 너무 혹독한 대가가 아닐까.

권력 따위! 누가 준다고 한 적도 없지만 필요하지도 않다.

그저 하루하루 살아갈수록 더 넓고 더 깊게 공감할 수 있는 사람이 되기를 바랄 뿐이다.

진심이라는 처방

진심은 통한다는데, 정말 그럴까? 자칭 초능력자라고 하는 사람들이 숟가락을 손가락 하나로 휘게 한다거나, 책을 펴지 않고도 내용을 줄줄 읽는 모습을 TV에서 본 적이 있다. 하지만 상대의 마음을 꿰뚫어 본다는 능력자는 아직 보지 못했다. 마음을 읽는 것은 흉내내 보기에도 어려운 영역인가 보다. 그런데도 진심은 정말 통할 수 있을까.

인간관계의 숱한 갈등은 오해로부터 비롯된다. 전해지지 못한 상대의 진심, 그리고 미처 전하지 못한 나의 진심만 어긋난 틈 사이에 공허하게 남는다. 마음은 묘한 데가 있어서, 실제보다 부풀어 전달되기도 하고 큰 감동이 언제 그랬냐는 듯 금방 잊히기도 한다. 때로는 사소한 마음이 커다란 마음을 이긴다. 거창한 생일 선물보다 누군가 내 자리에 몰래 놓은 음료수와 짧은 쪽지가 두고두고 기억에 남곤 한다.

가끔은 소리 질러 물어보고 싶은 충동에 휩싸인다.
"그래서 진심은 뭐야? 너의 마음은 얼마큼 커?"

어느날 갑자기 다른 이의 마음을 읽을 수 있는 능력이 생긴다면 어떨까. 타인의 진심을 알고 싶어 괴로워하는 인간을 신이 가엾게 여기고 세상에 없던 능력을 특별히 선물한 거다. 이 어마어마한 능력이라면 괜히 믿었다가 뒤통수 맞는 일은 없을 것이다. 상대를 쓸데없이 의심하거나 마음을 확인하려 애쓰면서

속앓이하지 않아도 된다. 아주 단순하고 명쾌하게, 사람 잘 가려 가며 만날 수 있다.

그렇지만 더는 믿고 싶은 것을 믿을 수도 없고, 세상이 아름다워 보이지도 않을 것이다. 누구나 조금씩은 가지고 있을 추악한 마음마저 알게 되면, 사람이 전부 벌레처럼 보일지도 모르겠다. 믿을 사람 하나 없다는 배신감에, 도무지 인간관계를 맺을 수 없게 될 것이다. 완전한 고독이다. 타인의 마음을 속속들이 알게 된 사람은 사람들로부터 자신을 고립하는 것 외에는 제정신으로 살아갈 도리가 없을 것 같다.

이쯤 되면, '이제 속이 후련하냐?'는 신의 바짓가랑이를 붙잡고 능력을 바꿔 달라고 애걸복걸해야겠다는 생각이 든다. 그저 진심을 전하고 싶을 때, 상대방에게 내 진심 그대로를 전할 수 있는 능력 정도면 좋겠다. 진심의 모양과 크기를 상대의 마음에 신속, 정확하게 배달할 수 있는 능력.

상대의 진심을 영원히 알 수 없고 전부 알고 싶지도 않지만, 소중한 사람들에게 내 진심만큼은 잘 전해서 그들에게 잔잔한 행복을 줄 수 있는 사람이 되고 싶다. 결국 '진심'이 우리 사이의 전부이니까.

동거 고양이, 나몽

내 자취방에서 제일 큰 가구는 원목 캣타워였다. 동거 고양이 나몽의 것으로, 첫 월급 받고 큰맘 먹고 구입한 선물이었다. 방에 들이기에 조금 큰 감이 있었지만, 고양이 복지를 최우선으로 하는 집사의 마음은 아마 다 같을 것이다.

사실 나몽이라 말할 것 같으면 꽤 사치스러운 고양이라 할 수 있다. 대학 시절 하숙 생활을 했던 내가 다른 하숙생 네 명과 화장실 하나를 같이 쓸 때 나몽이는 전용 화장실이 두 개나 있었다. 게다가 나몽이는 방에 들어오는 물건이라면 하나하나 들여다보고 냄새를 맡아야 직성이 풀리는 호기심덩어리에, 마음에 드는 물건은 무조건 자기 것으로 만들어야 하는 욕심쟁이다. 어쩌면 이런 그에게 고급 캣타워 정도는 당연할지도 모른다.

함께 살 고양이를 원했지만, 남의 집에 하숙하는 대학생 신분에 무턱대고 생명체를 들일 수는 없었다. 한 생명을 책임지려면, 크지는 않더라도 뛰놀 수 있는 공간, 아플 때 병원비 걱정하지 않을 정도의 경제력, 함께 보낼 수 있는 시간적 여유가 어느 정도 있어야 하기 때문이다. 이런 기본을 갖추게 되면 꼭 노란 줄무늬 고양이를 데려오겠다고 다짐했었다. 갑자기 찾아온 삼색 고양이 나몽이와의 '묘연'이 아니었다면, 아마도 한참 후에야 동거 고양이가 생겼을 것이다.

나몽이를 만난 것은 3월의 어느 날, 학교 가는 길이었다. 하숙집 앞 골목에 고양이가 떡하니 나와 앉아 있었다. 골목에 사는 고양이 대여섯 마리 정도는 알고 있었는데, 늘 보던 고양이가 아니었다. 눈이 마주쳐서 잠깐 멈춰 섰다. 그런데 이 고양이가 꼬리를 바짝 들고 겁도 없이 다가오는 게 아닌가! 그뿐이 아니었다. 내 종아리에 머리를 비비더니, 몸 전체로 스윽 훑기까지 했다. 꼬리 끝을 섬세하게 움직여 가며 나를 감쌌다.

'내가 드디어 고양이의 간택을 받은 걸까?'
'이런 고양이는 네가 처음이야!'
'내 처음을 책임져!'

이런 격정적인 생각이 마구 떠오르면서 혼자 대흥분 상태에 빠졌다. 그때 이미 이 삼색 고양이를 내 마음의 방에 들여 놓았지만, 이성의 끈을 간신히 붙잡고 짧은 교감을 뒤로한 채 학교로 향했다.

그날 밤 집에 돌아오는 길, 고양이가 근처에서 나를 기다리고 있기를 간절히 바랐다. 못 이기는 척 연을 이어갈 수 있도록 말이다. 골목에 들어서고, 집 앞에 이르렀다. 고양이는 없었다. 그렇지만 허무하게 집에 들어갈 수는 없었다. 마지막 기회(?)를 주기로 하고 "고양아!" 하고 작게 불러보았다. 그러자 집 뒤쪽에서 그 고양이가 "미야아아아-" 하며 달려와 주었다. 어찌나 빨리 뛰어오는지, 걸음마다 목소리가 떨렸다. 3월이었지만 밤에는 여전히 차가운 바람이 불었다. 고양이는 나를 무척 좋아하는 것 같았고, 나는 이 고양이에게 흠뻑 빠진 지 오래였다. 홀린듯 집 문을 활짝 열고 고양이가 따뜻한 이곳으로 들어와 주기를 기다렸다.

고양이는 조금 머뭇거리다가 이내 문턱을 넘어 걸어들어왔다. 이 고양이의 보기 드문 사교성과 집사가 되고 싶은 나의 욕망이 한데 뭉쳐, 우린 그날부터 함께 살게 되었다.

이후 하숙집에서 나와 몇 번의 이사를 했고, 그때마다 나몽이도 함께했다. 사실 나몽이는 혼자 있는 시간이 많다. 준비되지 않은 상태였으니 예상치 못한 일도 아니다. 귀가가 유난히 늦은 날이면 나몽이는 나를 따라다니면서 잔소리와 하소연이 섞인 울음을 한다. 나에게는 나몽이가 인생의 전부가 아니지만, 나몽이에게는 내가 묘생의 전부라는 걸 알기에 그 소리가 마음 아프다. 내가 부족해서 나몽이가 불행할까 봐, 함께 산 지 몇 년이 지난 지금도 그게 제일 무섭다. 길고양이의 평균 수명은 3년 정도밖에 안 된다고 하는데, 나와 함께하는 게 적어도 길 위에서의 열악한 삶보다는 낫지 않았겠냐며 마음을 달랜다.

그렇지만 길에서의 자유로운 3년이, 혹은 다른 더 좋은 환경으로의 입양이 나몽이에게 더 행복했을는지 모르는 일이다. 그런 가능성을 내가 차단했으니 부디 나와 함께하는 나몽이의 삶이 제일 행복하기를 기도하는 수밖에 없다.

나몽이에게 바라는 건 평생토록 행복하고 건강했으면 하는 것뿐, 다른 건 아무것도 없다. 아! 굳이 바라는 걸 꼽자면, 오줌 테러는 좀 자제했으면 한다. 화장실 상태가 마음에 안 들거나 기분이 별로면 어김없이 이불에 오줌 테러를 해 놓아서, 비 오는 밤에 이를 악물고 이불 빨래를 한 게 한두 번이 아니다. 그렇지만 그 덕에 매일 아침 이불 정리하는 습관이 생겼고, 이불이 더러워질 틈이 없으니 그 또한 나몽님께 감사한 일이다.

꼭 행복하세요, 사랑하는 나몽님.

너의 주파수

인간관계에는 이해하기 힘든 구석이 있다. 대화를 나눌수록, 진심을 드러낼수록, 함께 오랜 시간을 보낼수록 가까워지는 게 자연스럽지만, 어떤 사람과는 얘기하면 할수록 뭔가 끊임없이 조금씩 어긋난다. 그런 사람과는 오히려 함께 보낸 시간만큼 멀어진다. 사람한테도 주파수 같은 것이 있어서, 주파수가 맞지 않는 상대에게는 내 진심이 쉬이 전달되지 않고, 내 귀에도 상대의 말이 제대로 들리지 않는가 보다. 지지직거리는 라디오처럼 언제 끊길지 몰라 아슬아슬하다.

사람은 오래 만나 봐야 한다지만, 대화 몇 마디만으로도 서로 주파수가 맞는지 확인하기엔 충분하다. 어떤 경우에는 직접 이야기를 나눠 보기도 전에 안다. 인상과 표정, 손짓, 말투나 언어 선택은 그 사람만의 분위기를 만드는데, 그건 고스란히 그 사람의 역사이기 때문에 정직하다. 그래서 나는 '아, 이 사람하고는 친해지겠다.'라거나 '이 사람은 나와는 안 맞겠다.'와 같은 불현듯 드는 직감을 꽤 신뢰한다.

제일 친한 친구들과 처음 친해졌을 때를 떠올려 봐도, 대부분 한눈에 좋은 느낌을 받았다. 물론 가까워진 계기 자체는 하나하나 절묘하다. 새 학기 자리 배정에서 앞뒤로 앉게 되어서, 그날 과방에 둘밖에 없어 단둘이 밥을 먹게 되어서 등등. 그런 일이 없었더라면 우리가 급격히 친해질 수 있었을까. 같은 시기, 같은 공간에서 숨 쉴 수 있었던 것은 틀림없이 우연이 준 선물이다.

그렇지만 그 친구가 아닌 다른 누군가와 앞뒤로 앉게 되었다거나, 과방에 다른 누군가와 둘이 남았다고 해서 그 사람과 친해졌을 거라는 생각은 들지 않는다. 아무래도 뻘쭘한 기억으로 남았을 것 같다. 그 자리에 있었던 것이 그 사람이라서 그 순간이 감사한 것이리라. 분명한 건, 우연한 사건이 일어나기 전부터 이미 그들에게 이유 없이 호감을 느끼고 있었다는 것이다. 사소한 계기를 그들과 한 발자국 가까워질 기회로 만든 것은 자연스러운 일이었는지도 모른다.

잡음 섞인 채널 사이에서 소리가 깨끗하게 들리는 라디오 채널을 찾았을 때, 순간의 쾌감은 짧지만 선명하다. 주파수가 잘 맞는 사람과의 첫 만남도 마찬가지다. 주변에 좋은 사람이 생기는 것은 삶에 가장 확실하고 커다란 행복을 안겨 준다. 그 기대로 계속 새로운 사람을 만난다.

앞으로도 몇 번의 우연이 내 인생에 더 남아 있으리라 믿는다.

마음이 통하는 순간

언어가 통하지 않는 사람과는 친구가 될 수 없다고 생각한 것은 어린 시절 기억 때문이었다. 중학교 때 1년간 미국에서 지낼 일이 있었다. 친구들과 떨어져야 해서 가뜩이나 원치 않았던 타지 생활이었는데, 학교는 생각보다 더 외로웠다. 그때 힘들었던 기억 탓에 지금도 백인 중고등학생 무리를 보면 위축된다.

물론 대부분은 친절했고, 나 역시 겉으로 보기에는 나름대로 잘 어울려 지냈다. 생일 파티에 초대된 적도 몇 번 있었는데, 친구들과 더불어 신난 척했지만 사실 그 자리에 놓인 내 존재 자체가 불편했다. 마음을 터놓고 지낸 사람이 한 명도 없었다. 이방인인 내가 잘 지내려면 그들에게 무조건 맞춰야 한다고 생각했다. 애쓰면 애쓸수록, 나와 다른 부분만 자꾸 더 드러났다. 나는 점점 외로웠고, 그럴수록 버둥거렸다. 혼자 분투하는 건 정상적인 친구 관계에서 일어나는 일이 아니다.

결국 친구가 단 한 명도 없는 거나 다름없는 1년을 보냈다. 그들의 문화를 다 이해할 수 없었고, 무엇보다도 내가 영어를 자유롭게 구사할 수 없기 때문에 관계가 그토록 힘겨웠던 거라고 내 나름대로 진단했다. 이후 원활한 소통은 친구 관계에 필수 조건이라고 믿게 되었다.

사람 사이에 언어적인 소통보다 중요한 감각이 있다고 느낀 것은 얼마 전의 일이었다. 나는 지금 한국이 아닌 곳에 머물고 있지만, 중학생 때처럼 무조건 사람들과 잘 지내야 한다는 강박에서는 벗어나 있다. 그래서 특별히 상대에게 맞추려고 노력하지 않는다. 친구가 생기면 좋은 일이지만, 그렇지 않아도 그만이다. 만약 친구가 생긴다면 언어와 문화가 통하는 한국인일 거라고 막연히 생각했었다.

그런데 친구가 될 수도 있겠다 싶었던 상대는 의외로 영어만 할 줄 아는 토박이였다. 심지어 겉모습만 보면 나와 정반대 극단에 있는 사람이었다. 화장을 전혀 하지 않은 얼굴에 안경을 쓰고, 맨투맨에 청바지, 운동화, 백팩 차림이 일상인 나와 달리, 그는 아주 짙은 스모키 화장에 여기저기 타투를 하고, 얼굴에만 피어싱이 네다섯 개는 되는 사람이었다.

강의실에서 그를 처음 보았을 때 나는 본능적으로 그와 멀찍이 떨어져 앉았다. 그런데 그 사람에게서 자꾸 내가 보이는 게 아닌가! 비슷한 색깔을 좋아하고, 수업 중에는 비슷한 지점에서 둘만 웃음이 터지는 일도 있었다. 강의실을 찾아가던 중에 만나 함께 헤매기도 하고, 쉬는 시간에는 자꾸 같은 장소에서 마주쳤다.

그도 나와 비슷하게 의아함 내지는 호기심을 느꼈는지, 다음 수업에서는 조금 가까운 곳에 앉고, 그다음 수업에는 조금 더 가까운 곳에 앉았다. 그러다 함께 얘기 나눌 기회가 생겼는데,

그날은 점심도 굶어가면서 서로 고양이 사진을 보여 주며 깔깔댔다. 언어가 잘 안 통하는 것은 그리 문제 되지 않았다.

낯선 사람과 처음 마음이 통하는 순간은 이렇듯 신비롭다. 아주 사소하더라도 나와 비슷한 무언가를 발견했을 때 거대한 벽 하나가 무너진다. 같은 것을 좋아하거나, 싫어하거나, 동시에 공통된 감정을 느꼈다는 것만으로도 서로에게 호감을 느낄 수 있다. 더듬거리는 말로도 공감대는 충분히 형성된다.

차이점보다 나와 비슷한 점이 눈에 더 들어올 때,
둘 사이는 다른 국면에 들어간다.

이 순간을 한 단어로 나타낸다면 '나도!'나 '너도?'쯤 되려나 보다.

잘 키운 우정 하나

마지막으로 새 친구를 사귄 게 얼마나 오래됐는지 가늠조차 안 된다. 집 앞 놀이터에만 나가도 절친한 친구가 두세 명씩 생기던 초등학생이 더는 아니다. 학기 첫날이면 교실에 들어오는 친구를 하나하나 스캔하며, 누구와 친해질 수 있을지, 어떻게 하면 잘 어울릴 수 있을지 생존 전략을 짜는 중학생도 아니다. 어떤 인연도 거저 와 주지 않지만, 어떤 인연이라도 거절할 수 있는 자유로운 몸이기도 하다.

친구를 사귈 기회가 아주 없지는 않다. 얼마 전만 해도 어떤 언니를 만났는데, 첫 만남에서부터 무척 적극적으로 애정 공세를 해 왔다. 고민이 있냐고 묻고, 뭐든 도와주려 하고, 젤리도 챙겨와 나눠 주고, '눈빛이 선해 보인다.', '좋은 사람 같아서 오래 보고 싶다.'와 같이 조금은 쑥스러워지는 칭찬도 마구 날렸다.

그런데도 우리는 친구가 되지 못했다. '혹시 나한테 보험을 팔려고 하는 걸까?' 아니면 '종교 집단에서 나온 건 아닐까?' 하는 의심을 떨칠 수가 없었다. 서너 번 함께 밥을 먹고, 미술관에 가고, 서로 어울리는 옷을 골라 주면서도 어딘가 모르게 불편했다. 여전히 언니의 진심 혹은 의도를 알 수 없지만, 여태껏 보험 이야기가 없는 걸 보면 아마 진심 쪽에 가까웠던 모양이다.

인연이 시작되려 할 때마다 물음표부터 찍는 것은 번번이 나였다. 사람을 냉소 섞인 눈으로 바라볼 만큼 호되게 뒤통수 맞아본 적은 없지만, 나름대로 친구 관계에 기준이 생긴 계기는 있었다. 강원도 산골 고등학교에서 3년간 기숙사 생활을 할 때였다. 개나리가 만개하고도 때 아닌 함박눈이 내리고, 봄에는 아기 주먹만 한 다리 긴 벌이 날아다니는 곳이었다. 걸어서 30분 거리의 고속도로 휴게소가 제일 가까운 상점이었으니, 학교 끝나고 갈 수 있는 분식집 하나 없었다. 떡볶이 먹는 게 인생의 낙인 나로서는 당황스러운 일이었지만, 그보다 힘들었던 건 동기, 선배, 후배, 선생님과 온종일 생활하는 것이었다.

학교에서 보는 얼굴을 방에 돌아와서도 보고, 그 똑같은 얼굴들과 삼시세끼를 함께했다. 아침에 눈 뜨고부터 자기 직전까지 누군가가 옆에 있었다. 퇴근 없는 조직 생활이었다. 누가 누구를 욕해서 기어이 싸움이 나고, 어떤 커플이 몰래 애정행각을 벌이다 사감 선생님께 걸리고, 당차 보이는 친구가 밤에 엄마랑 전화하면서 울었다는 얘기가 반나절도 안 돼서 전교생의 입에 오르내렸다. 가족 떠나 또래와 함께 사는 것은 모두에게 낯설었고, 다들 각자의 이유와 방법으로 힘들었다.

방은 셋이서 함께 썼는데 매 학기 새로운 룸메이트를 배정받았다. 입시 때문에 바쁜 3학년 때만 1년간 같은 방을 그대로 썼다. 그러니까 3년 동안 총 열 명의 룸메이트를 겪게 되는 셈이다. 룸메이트는 한 학기 삶의 질을 결정하는 가장 중요한 요소였다. 반년을 같이 살면 가까워지긴 했지만 모두 그런 건 아니었다. 대체로 네 가지의 관계양상으로 나누어졌다. 친하면서 잘 지내거나, 친하다 보니 가끔 싸우거나, 친하진 않아도 문제 없이 지내거나, 친하지도 않고 서로 불만만 쌓이거나. 내 경우, 친하면서도 감정 상할 일 한 번 없이 잘 지낸 룸메이트는 열 명 중 딱 한 명이었다.

어떤 사람은 인간관계에 관대하다. 가끔 언짢더라도 기쁨과 위로를 주기도 하니까 마음에 쏙 들지 않아도 연을 이어간다. 그런 무던함이 부러울 때가 많다. 하지만 누군가와 무덤덤하게 지내는 것을 도무지 잘해 낼 수가 없다. 나에게 친구 관계란 열 명 중 한 명을 찾는 일이기 때문이다.

잘 통하면서도 서로 스트레스 주지 않고 지낼 수 있는,
그래서 헤어질 때 아주 섭섭한 그 한 명.
밤새 얘기해도 할 말이 넘쳐나고,
아무 말 하고 있지 않아도 어색하지 않은 그 한 명.

그 한 명과만 시간과 감정을 나누고 싶지, 방이 바뀌기만을 손꼽아 기다리게 하는 사람에게 굳이 에너지를 소모하고 싶지 않은 것이다.

인간관계로 인한 스트레스와 인내는 안 그래도 충분하다. 같이 일하는 사람이나 옆집 사람, 혹은 가족처럼 나와 잘 맞지 않

아도 마음대로 끊을 수 없는 관계도 많다. 굳이 친구를 만나면서까지 치고받고 싸우거나, 딱히 즐겁지 않은데도 관계를 유지하고 싶지 않다. 사람은 쉽게 변하지 않아서 잘 맞는 사람과는 꾸준히 잘 맞지만, 어떤 이유로든 잘 지내지 못했던 사람과는 틈틈이 어긋난다.

열에 아홉을 포기하는 기분은 그리 유쾌하지 않다. 때때로 노력해 보지도 않고 뒷걸음질 치는 모양새다. 그럴 때면 내 예민함을 탓하게 되기도 한다. 그렇지만 '열 명 중 한 명'을 찾는 일을 그만둘 수는 없다. 어쨌든 내 삶을 행복하게 해 준 것은 늘 그 '열 명 중 한 명'이었으니까.

이 순간의 안전지대

세상에는 이해는 가지만 마음으로 받아들이기 어려운 것들이 있다. 가령 '바른말을 해 주는 사람이 진짜 친구다.'라는 말도 그렇다. 그 말이 사실이라면 나는 친구가 차고 넘치는 사람이다. 문제가 있을 때마다 이러쿵저러쿵 이성적으로 조언해 주는 사람은 많았다. 지나고 보면 그 조언들은 대개 옳았지만, 그들이 친구여서 그런 말을 해 준 건지는 글쎄. 여전히 물음표다.

나에게 친구는 감정으로 이어진 관계다. 백 번 바른 소리 해 주는 사람보다 한 번 진심으로 공감해 주는 사람을 바란다. 공감이 조언보다 더 어려운 일이라고 생각해서이기도 하지만, 무엇보다 나에 대한 평가는 친구의 몫이 아니라고 믿기 때문이다.

바른말을 해 주려면 평가가 필연적이다. 이건 옳고, 저건 옳지 않다는, 이게 저것보다 낫다는 분석 없이는 어떤 조언도 할 수가 없다. 하지만 언제든 이리저리 평가하려는 눈을 가진 사람 앞에서 나는 안전하다고 느끼지 못한다. 조언하기보다는 공감하고, 반박하기보다는 이해해 주는 사람이 편안하다.

물론 어려운 일이다. 친구가 애인 있는 남자와 만나고 있음을 털어놓았을 때, 그의 편을 들어줘야 하는가 말려야 하는가 고민한 적이 있었다. 잘하고 있다고 칭찬해 줄 수도 없지만 그렇다고 '남의 눈에 눈물 나게 하면 언젠가 네 눈에선 피눈물이 날 거야.'라고 독설을 퍼부을 수도, 그런 관계라면 당장 그만두라고 재촉할 수도 없는 노릇이다. 그 조언을 듣고 '역시 그렇지? 지금 바로 끝낼게.' 하며 깔끔한 결말이 맺어질 가능성도 거의 없지 않은가.

누구보다도 본인이 제일 혼란스러울 상황에서, 친구로서 굳이 다시 한번 '너는 지금 굉장히 나쁜 짓을 하고 있다.'라는 사실을 상기시킬 필요가 있을까. 친구가 아니라도 그런 말을 해줄 사람은 많을 테고, 조용히 들어주는 사람은 아무래도 여의치 않을 것이다. 훗날 '그때 왜 도시락 싸 들고 다니면서 말리지 않았느냐.'며 원망을 들을 수도 있다. 알고도 방관한 것은 동조한 것이나 다름없다고 세상의 손가락질을 받을지도 모른다.

그럼에도 나는 내 옆에 있는 친구들에게
'지금 이 순간의 안전지대'가 되어 주고 싶다.

세상이 들이대는 이런저런 잣대에서 자유로운, 그래서 어떤 모습을 하더라도 괜찮은, 안전한 곳 말이다.

오래도록, 친구

'진짜 친구' 다섯 명만 있어도 성공한 인생이라는 말을 들은 것은 초등학교 저학년 때였다. 바로 짧은 손가락을 접어가며 진짜 친구들을 세어 보았다. 다 세려면 발가락까지 접어야 했지만, 그때 꼽았던 친구가 누구였는지 지금은 기억조차 나지 않는다. 그 이후에도 몇 년에 한 번씩 친구를 셌다. '진짜 친구'라고 생각했던 친구가 몇 년 뒤에도 또 다섯 손가락에 드는 경우는 슬프게도 흔치 않았다.

평생 갈 거라 생각했던 친구와 어색하게 안부만 주고받는 사이가 되어 버리기를 몇 차례 반복하니, 인간관계에 회의가 들기 시작했다. 과연 지금 곁에 있는 친구들은 '진짜 친구'라고 부를 수 있을까. 이 정도면 '진짜 친구'가 맞는 걸까. 지금 그렇다고 치더라도, 5년 뒤에도, 10년 뒤에도 그럴까. 다섯 명은커녕 한 명도 단언할 수가 없다. 관계가 얼마나 빠르게 연기처럼 사라질 수 있는지 이미 누차 경험하지 않았는가.

더 슬픈 건, 주위를 둘러보면 사람들은 전부 저마다 그런 친구 한둘씩은 이미 가진 듯이 보인다는 것이다. 늘 붙어 다녀서 한 명의 행방을 다른 한 명이 속속들이 알고 있는 '단짝 묶음' 같은 것에, 각자 다 소속이 되어 있다. 약속 없는 적막한 금요일 밤, 일기장 한구석에 친구들 이름을 나열해 보는 사람은 아마 나뿐이겠지? 결혼 준비도 전에 '결혼식에 초대할 사람' 목록을 만들고 매해 리뉴얼하는 사람이 나 말고도 또 있을까?

요새도 가끔 친구를 센다. 손가락을 간신히 접다 보면, 내가 인생을 대단히 잘못 사는 것일까 봐 겁이 나기도 한다. 그렇지만 외로움에 고민하던 그 시기에도 간간이 만났던 얼굴들, 바쁜 와중에도 문득 떠오르는 얼굴들, 가끔 소식을 물어오는 바로 그 얼굴들이 결국 현재의 '가장 진짜인 친구'라는 걸 부정할 수 없다. 고마운 그 얼굴들을 부디 5년이고 10년이고 계속 볼 수 있길 바랄 따름이다.

단지 너라서

그동안 열 곳 넘는 집(또는 방)에서 지냈는데, 떠나면서 미련이 남은 곳은 손에 꼽는다. 집에 눌러앉아 있는 시간은 물론 행복했지만 내가 집보다 정을 붙이는 쪽은 동네였다.

집에 가는 골목 풍경, 자주 타고 다니던 마을버스, 제일 가까운 마트, 자주 가던 카페 같은 것과는 매번 진한 작별 인사가 필요했다. 전에 살던 동네를 가게 되면 집은 안 가 봐도 단골 카페는 꼭 가서 아메리카노라도 한잔한다.

내가 살았던 동네는 전적으로 학교나 회사 위치에 달려 있었다. 이동 시간이 한 시간 이내면서, 대중교통이 미어터지지 않는 동네라면 더는 묻지도 따지지도 않았다. 24시간 사람 냄새 나는 고시촌에서 학교에 다녔고, 주말이면 유령도시가 되는 오피스 타운에서도 반년쯤 살았다. 일요일에는 편의점도 문을 닫는 그 동네에서는 나까지 유령이 된 기분이었지만, 그래도 가끔 그 회색빛 적막함이 생각난다.

이제는 학교를 졸업하고, 회사까지 그만둬 묶인 데 없는 몸이 되었다. 이 자유로움을 언제까지 누릴 수 있을지는 모르겠다. 단꿈을 꾸는 김에, 살고 싶은 동네를 마음대로 고르는 호사스러운 상상을 해 본다.

아침이고 밤이고 마음 놓고 갈 수 있는 국밥집, 간단히 포장

해 가기 좋은 떡볶이집, 제철 과일을 소담하게 늘어놓은 과일가게, 야외에 테이블이 두어 개 갖추어진 편의점, 오며 가며 옷 몇 벌 맡길 수 있는 세탁소, 라면이 맛있는 만화방, 언제 가도 동네 사람 한두 명은 있는 분위기 좋은 작은 카페…….

이 정도 갖추어진 동네면 어떨까. 살기 좋은 동네는 자고로 먹을 곳, 지낼 곳이 많아야 한다. 아! 차 타기 싫어하는 동거 고양이가 있으니, 걸어서 갈 수 있는 동물병원도 있으면 좋겠다. 상상만으로도 기분이 좋아지는 걸 보면, 주거 환경이 사는 데 큰 영향을 주기는 하나 보다.

이 모든 조건이 대수가 아닐 수도 있다고 느낀 것은 J를 만났을 때였다. 고등학교 친구였던 J는 몇 해 전 미국으로 공부를 하러 갔다. 비슷한 시기에 유학 갔던 친구들이 국내로 돌아왔다는 소식이 하나둘 들려오던 중에, 한국에 잠깐 들어온 J를 만났다. J는 은근한 차별과 결코 넘지 못할 문화 장벽이 느껴질 때마다 자기가 이방인임을 절감한다고 하소연했다. 몇 년째 지내고 있는데도 여전히 외로울 때가 많단다. 문득 주변에 낯선 억양만 들릴 때나, 한국에선 당연하던 것이 그곳에선 통하지 않을때……. 그때까지만 해도 J가 매콤달콤한 떡볶이의 나라로, 네모반듯한 한글의 나라로, 지하철로 안 닿는 곳 없는 대중교통의 나라로 돌아올 수도 있겠다고 생각했다. 새로운 것을 열 개 줘도, 원래 가졌던 것 한 개 뺏기는 게 더 크게 느껴지는 법이 아닌가.

그런데 J는 미국에서 쭉 살 수도 있을 것 같다는 얘기를 조심스레 꺼냈다. 그 이유는 울창한 공원도 자유로운 마인드도 아니었다. 거기서 만난 애인이 미국에서 자리 잡을 예정이라, 자기도 거기서 함께 살 수도 있겠다고 생각했단다. 둘은 험난한 타지 생활에서 오랫동안 서로의 버팀목이 되어 준 관계였다. 그와 외롭고 서러운 마음을 공유하면서 저녁 식사를 할 때마다 '이대로라면 괜찮다.'는 용기를 얻었다고 한다. 그 사람과 함께 있다는 이유만으로 완전한 타지였던 곳이 친구에게는 '살아 볼 만한 곳'이 됐나 보다.

혼자라면 도무지 살 수 없을 것 같던 세상이,
둘이라면 살아봄직한 세상이 된다.

내가 사는 동네에 떡볶이집이나 만화방이 있으면 좋겠지만, 없다고 해서 그 동네가 영 못 살 동네가 되지는 않는다. 주말에 소문난 떡볶이 맛집을 찾아다니면 되고, 한 달에 하루 정도 다른 동네 만화방에서 진득하게 머물다 오면 그만이다. 중요한 것은 완벽한 주거 환경이 아니라 어디에서라도 함께하고 싶은 사람, 그 한 명의 존재인지도 모른다.

그 한 명이라면 지구 어느 곳이든 살아 볼 만한 곳으로 만들어 줄 테니까.

사랑의 팔할은 기다림

학력이나 재산, 나이 등을 속여 한 결혼을 소위 '사기 결혼'이라고 하는데 심한 경우 이혼 사유에 해당한다고 한다. 나에겐 6년을 만난 애인이 있다. 연애에도 사기 연애라는 게 있다면 나는 그 앞에서 고개를 들 수가 없다. 그가 '이건 사기 연애야!'라며 억울해해도 할 말이 없다.

우리는 대학 시절 소개팅으로 만났다. 교양 수업에서 만난 선배가 고향 친구를 소개해 준 것이다. 이름, 나이, 전공만 듣고 약속을 잡았다. 나는 당시에 수의대생이었으니 그는 아마 내가 몇 년 뒤 자격증을 따는 줄로만 알았을 것이다. 첫 만남 자리에서 수의대를 떠날 생각이라고 고백하고, 두 달 뒤 정치학도가 되었다. 아마 그때부터 당황스러웠을 것이다.

그 뒤로도 나는 방황하는 청소년처럼 왔다 갔다 했다. 과 친구들처럼 고시를 보겠노라 떠들기도 했고, 회사에 들어갔다 3개월 만에 이직하기도 했다. 버는 족족 이것저것 배우는 데 써 버리기도 하고 미술 공부를 더 해야겠다며 퇴사하기도 했다. 이때마다 애인은 말리거나 부추기는 일 없이, 무던히 응원해 주었다.

그는 몇 시간씩 한 주제로 대화할 수 있는 인내심과 섬세한 감성을 가진 아주 좋은 고민 상담가다. 선택의 기로에 설 때마다 나는 그와 수없이 대화했다. 그는 숱한 대화 속에 적극적으로 혹은 은근슬쩍 자기가 원하는 애인상을 피력할 수도 있었다. 만약 그랬다면 나는 알게 모르게 받아들였을 것 같다. 다른 사람, 특히 좋아하는 사람 의견에 크게 영향받으며 살아왔으니 말이다. 그런데 그는 번번이 내 생각을 되풀이해서 물을 뿐, 아무런 주장도 내세우지 않았다. 이것도 저것도 다 응원한단다. 그저 내 마음이 조금이라도 더 가는 대로 하라니, 우리 관계를 진지하게 생각하지 않는 건가 싶어 내심 서운한 적도 있었다.

직함만 대면 더 이상 설명이 필요 없는 직업으로 주변 사람에게 애인을 소개하는 일. 그 역시 그런 어깨 으쓱한 상황을 기대해 본 적 있었으리라. 내가 경제적으로든 사회적으로든 안정을 갖춘, 아니면 최소한 그럴 의지가 있는 사람이었으면 하는 마음을 품은 순간도 왜 없었겠는가. 다만 내가 당신의 기대와 욕망으로 뭉쳐진 가상의 인물이 되는 것보다, 본연의 '나'에 가까운 편안한 모습이기를 조금 더 바랄 뿐이었을 것이다.

그래서 그는 매번 내 생각이 먼저 정리되도록,
내가 알아서 나에게 잘 맞는 옷을 찾아 입도록,
기다려 주었던 것 같다.

고생길이 뻔히 보일 때 덜 힘들었으면 하는 마음에 조언하는 것도 일종의 사랑일지 모른다. 그렇지만 조언이라는 건 사랑이 한 방울도 섞이지 않아도 할 수 있는 일이다. 반면, 답답할 만큼 믿고 기다려 주는 마음은 사랑이 아니고서는 도무지 설명이 되지 않는다.

애정 어린 방목 덕에 나는 마음껏 방황했고, 나에게 맞는 옷을 점차 찾아갈 수 있었다. 메인 곳 없이 자유롭게 고민할 수 있었던 덕분이다.

처음만 세 번째

기억력이 안 좋다. 이렇게 한 문장으로 단정 짓자니 나름대로 잘하는 것도 많은 내 머리에게 미안한 마음이 들기도 하지만 사실이 그렇다. 사람 이름 외우는 것에는 특히 젬병이라, 등장인물이 많거나 주인공 이름이 어려운 소설은 몇 페이지 읽고 포기한다. 이미 읽은 책을 몇 해 뒤 마치 처음 보는 것처럼 읽다가 중반부쯤 가서 '어? 잠깐. 이거 읽었던 것 같은데?' 하고 깨닫는 경우도 많다. 그래 봐야 결말이 잘 기억나지 않아서 긴가민가하며 끝까지 읽는다. 그렇게 한 권을 세 번이나 '처음 읽은' 적도 있다.

나도 모르는 사이에 기억이 온데간데없이 사라진다. 희미해진다기보다는 깔끔히 지워지는 것에 가깝다. 모든 기억이 제각기 머릿속에서 떠다니다가 몇 개가 무작위로 스르륵 이탈하는 모양이다. 당시에 얼마나 주의 깊게 듣고 보았는지와는 큰 관련이 없다. 심지어는 애인과 나눈 이야기도 토막토막 새까맣게 잊어버리니 말이다. 그가 한 말뿐만 아니라 내가 한 말까지도.

그는 마그넷 수집가이다. 여행할 때마다 기념으로 마그넷을 사서 방 한편에 있는 보드에 붙여 둔다. 처음 볼 때는 열댓 개 되던 것이 야금야금 늘어나더니 어느 틈에 그럴듯한 컬렉션이 되어 있었다. 함께 데이트할 때 모은 것도 꽤 많았다. 오랜만에 하나하나 구경하다가, 갑자기 내가 사둔 미술관 마그넷이 떠올랐다. 함께 보러 갔던 전시인데 하필 그때 마그넷이 다 떨어져서 아쉬워했었다.

"우리 전에 갔던 미술관 말이야. 다시 갔을 때는 마그넷 있길래 내가 사 뒀어. 갖고 싶지?"

그에게 마그넷 사진을 자랑스레 보여 줬다. 그는 잠시 들여다보더니 갖고 싶다고 대답했다.

"나랑 결혼하면 오빠 거야!"

나름 유머였지만 그는 기대했던 것보다 더 껄껄대며 웃었다. 별로 재미있지도 않은데 왜 이렇게 웃는 거지?

그가 말하길,

"너 몇 주 전에도 똑같이 얘기했어. 그 마그넷 샀다면서 아까 보여 준 그 사진도 보여 줬고, 내가 갖고 싶다고 하니까 그때도 자랑스러운 표정으로 '결혼하면 오빠 거야!'라고 대답했잖아. 정말 하나도 기억 안 나?"

토씨 하나 다르지 않은 똑같은 상황을 나는 그렇게 두 번 만들어 낸다. 세 번이 아니면 다행이다. 종종 나 자신도 기억이 안 나 답답할 정도니, 상대방이 '왜 나랑 있었던 일을 그렇게 기억 못 하냐.'라며 서운해할까 봐 걱정이다. 다행히 그는 그런 장면에서도 함께 웃을 거리 하나 더 생긴 셈 치고 넘어가는 고마운 사람이다.

아, 가끔은 이 치명적인 기억력이 꽤 쓸 만할 때도 있다. 애인이 재미있는 이야기를 여러 번 반복해도 매번 신선하고 처음 들은 것처럼 웃기니 말이다!

그냥 거기 있어 주는 사이

인간관계에서 제일 군더더기 없는 형태는 '친구 관계'라고 생각한다. 아랫사람이라서 참고, 윗사람이라서 존대하고, 자식이라서 책임지고, 부모라서 효도하고, 가족이라서 뭉치고, 스승이라서 믿고, 상사라서 따르고, 애인이라서 이해하고. 정답도 없는 애매한 의무감이 겹겹이 싸여 있는 이런 관계들과 달리, 친구 관계는 담백하다. 의무는 때로 관계를 돈독하게 다져 주기도 하지만, 그보다 자주 버거운 짐이 된다. 꾸역꾸역 그 짐을 짊어지다가 결국에는 통째로 내동댕이쳐 버리고 남보다 못한 관계가 되는 걸 수도 없이 보았다.

관계가 다 그렇게 간단하게 이루어지는 건 물론 아니겠지만, 그래도 모든 관계의 지향점이 결국에는 '친구'의 모습이기를 바란다. 서로 옭아매는 것 없이, 너무 기대지도, 크게 기대하는 것도 없는 관계. 즐거운 만큼 서로 잘 지내고, 괴롭거든 언제든 서로를 위해 거리를 둘 수도 있는 관계. 기꺼이 해 주고 싶은 만큼만 해 주고, 대가를 바랄바에야 차라리 아무것도 하지 않는 관계. 달라고 한 적 없는 것을 줘 놓고는 준 만큼 달라고 요구하거나, '도리'를 다하지 않았다고 손가락질하지 않는 관계.

비슷한 시기에 이 땅에 태어나, 만나고, 어울리게 된 것은 그 자체로도 기막힌 우연의 선물이다. 귀한 서로에게 의무감을 씌워 구속하는 것을 그만두고, 조금 담백한 관계가 되어 보는 것은 어떨까. 좋게, 좋아서, 그리고 좋을 정도로만 함께하는 사이

말이다. 상대가 언제든 나를 떠날 수 있는 존재라고 생각하면, 의무감이 사라진 자리를 배려와 존중이 채우게 될 것이다. 자발적인 감정은 수동적인 의무나 속박보다 훨씬 힘이 세니까.

서로를 '이 시대를 살아가는 동반자' 정도로 생각할 수 있는 세상을 꿈꾼다. 상대에게 의무를 잔뜩 지워가며 서로의 날개를 꺾는 일도, 새장에 가두는 일도 없는.

그런 낭만적인 세상에서라면 모두가 자유로이 자기만의 날갯짓을 하며 공존할 수 있을 것이다.

같이 있으면
여유
여유
여유
괜스레 나까지 여유로워지게
만드는 사람이 있다

내가 좋은 사람이
되고 싶은건,
좋은 사람들이 내 곁에 있길
바라기 때문이다

걔는 나를 왜 싫어할까?
너한테
중요한 사람이야?
아니
그럼 신경 쓰지마
뭐 어때~
그치?

STEP 5

발길 닿는 곳 어디든

그럴 땐 바로 토끼시죠

예술가로 살기

우리는 모두 창의적이고 고유한 예술가로 태어났다. 아이들은 고사리 같은 손으로 믿을 수 없을 만큼 멋진 것들을 만든다. 형형색색의 그림은 물론이고, 상상 속에서 집도 짓고 요리도 한다. 지루한 갈색 소파일 뿐인데도 아이들은 그 위에 외계인 침공에 맞서는 우주 기지를 만들 수 있다. 사람은 누구나 날 때부터 예술가다.

하지만 '예술가로 죽는 것'은 완전히 다른 일이다.

나는 자기 안의 예술성을 끝내 잃지 않고 예술가로 죽는 사람을 존경하지 않을 수 없다.

세상을 살수록 점점 현실적인 사람이 되어 가는 것은 자연스럽다. 그러다 보면 예술성이 발현될 여지는 줄어든다. 예술가로 사는 것은 아무리 따져봐도 비효율적이기 짝이 없기 때문이다. 굳이 시간과 체력을 투자해 공들여 글을 쓴 후, 종이와 나무와 지구 그리고 자신을 마주하기 민망했던 일은 어느 작가에게나 있었을 것이다. 그것도 아주 자주, 매우 많이.

예술가로 살기 위해서는 믿음과 의지, 자기기만이 필요하다. 지금 당장 보잘것없는 것을 만들더라도, 그래서 배를 곯더라도, 그 초라한 순간을 기꺼이 감내하려는 의지가 있어야 한다. 그 순간이 쌓이고 쌓여서 어느 날인가는 멋진 무언가를 탄생시킬 수 있으리라는 믿음을 가져야 한다. 그리하여 눈에 보이지도 손에 잡히지도 않는, 현실 너머의 어딘가를 색칠하는 사람이 바로 나라고 감히 믿어야 한다. 그런 마음가짐 없이는 하얀 백지 앞에서의 두려움을 이겨 낼 수 없고, 초라한 순간을 견딜 수 없다.

묵묵히 예술가로 살아가는 자들은 미친 게 아닐까 싶기도 하다. 그렇지만 미치지 않으면 세상 무슨 재미가 있을까.

나는 부디 죽는 순간 예술가였으면 좋겠다.
끝내 실패한 예술가로 남는대도, 현실 너머에 색을 더하려고 끝까지 발버둥 친 사람으로 죽고 싶다.

소소한 비결

돈을 쓰기만 하던 내가 벌기도 하는 나로 업그레이드되면서 가장 좋았던 점은 '배우고 싶은 것을 마음대로 배울 수 있다'는 것이었다. 통장에 월급이 들어오자마자 찾아간 곳이 발레 학원과 미술 학원이었다. 퇴근하면 일주일에 두 번은 발레, 두 번은 미술 학원에 갔다. 피아노 학원만 더하면 10세 아이의 한 주처럼 보일 법한, 20대 중반의 스케줄이었다.

발레에 로망이 생긴 건 초등학교 2학년 때 어느 무용 공연을 보고서였다. 솜털처럼 가벼우면서도 강인함이 느껴지는 무대에 흠뻑 빠져서는, 남몰래 유명 발레학교를 알아보기도 했다. 때마침 강수진의 발 사진을 본 부모님은 발레만큼은 시키고 싶지 않아 했고, 결국 발레는 제대로 시도조차 못 해 본 꿈으로 남았다. 키도 작고 팔다리도 짧은 내 신체 조건이 무용하기 좋은 체격은 아니니, 결과적으로는 다행인지도 모르겠다.

이제는 꿈을 위해서는 아니더라도 건강을 위해서 운동을 해야 하는 시점이라, 나는 기어이 발레 학원을 찾았다. 단단히 마음먹었지만 막상 발레 학원에 가려니 긴장이 되었다. 혹시 선생님이 무서우면 어쩌나, 만에 하나 체력 부족으로 수업 도중에 쓰러져 버리면 어떡하나, 수업에 민폐를 끼치면 안 될 텐데, 별의별 생각을 다 했다.

처음 만난 발레 선생님은 가느다란 체형에 야무진 얼굴을 하고 있었다. 어색해서 주뼛거리는 내 이름을 첫날부터 바로 외워서 불러 주었다. 그때만 해도 대단한 서비스 정신이라고, 회원 관리하는 것도 만만치 않겠다며 역시 세상에 쉬운 일은 없다고 생각했다. 하지만 그 뒤로도 선생님은 자주 나를 깜짝깜짝 놀라게 했다.

새 발레용품을 사면 번번이 기가 막히게 알아보고는 한 마디씩 해 주었다. 레오타드나 스커트는 물론이고, 새 발레 가방도 알아보셨다. 수업 시간에 가방은 라커에 있으니 가방을 볼 일은 학원 문을 나서는 그때 잠깐밖에 없었는데도, 그 찰나를 놓치지 않았다. 근육이 붙어 라인이 예뻐졌다든지, 골반이 유연해졌다든지, 한 다리로 균형을 잡는 실력이 좋아졌다든지, 작은 변화도 늘 나보다 먼저 알아채고 칭찬해 주었다.

그래서 세 명이 수업하든, 열 명이 수업하든 '역시 선생님이 나한테 관심이 있는 게 분명해!' 하는 느낌을 받았다. 다른 선생님 수업도 몇 번 들은 적이 있지만, 이 선생님은 달랐다. 굳이 분석하자면 '사소하지만 세심한'의 차이다. 자세를 잡아 주고, 칭찬이나 지적을 해 주는 건 모두 마찬가지지만, 이 선생님은 개개인에 맞추어 이야기를 해 주었다. 선생님 머릿속에 나에 대한 기록이 조금씩 쌓이고 있다는 게 느껴질 때마다 나는 감동했다.

사소할 수도 있는,
지극히 작은 부분들을 기억하는 것.
상대방에게 세심한 관심을 기울이는 것이 그의 비결이었다.

학원에서 선생님과 제자로 만난 사이일 뿐인데 선생님은 지금껏 나에게 소중한 인연으로 남아 있다. 가르치는 게 즐겁다는 그는 몇 년 뒤에 자기 학원을 차리는 게 꿈이랬다. 나는 그 학원에 다니는 게 꿈인 취미발레인이다.

장인은 도구를 고른다

발레를 시작한 첫 번째 이유는 건강 때문이었다. 젊음 하나 믿고 체력 관리를 허투루 했다가는 금세 걸어 다니는 종합 병원이 될 거라며 만나는 선배마다 엄포를 놓았다.

발레를 시작한 두 번째 이유는, 다시 말해 많고 많은 운동 중 콕 찝어 발레를 선택한 건, 한 달치 봉급이라도 다 갖다 바칠 수 있을 만큼 가슴 설레게 하는 발레용품 때문이었다. 발레 학원에 등록하기도 전에 레오타드에 스커트, 슈즈 심지어 전용 가방까지 전부 사 버렸다. (전용 가방이라고 해 봐야 특별한 건 아니고, 그저 무용인임을 짐작하게 하는 멋진 로고가 박혀 있을 뿐이다.) 그렇게 사고도 가지고 싶은 게 계속 눈앞에 아른아른해서, '운동은 장비빨이지.'라고 합리화하며 계속 사들였다.

잘 갖춘 장비에 걸맞게 발레를 잘하느냐면 그건 또 아니다. 발레에 적합한 신체를 타고나지도 않았고, 애초에 춤이라면 쥐약인 희대의 몸치다. 적어도 몇 년간 초보 무용인을 탈출할 일은 없다. 발레 전문가가 되는 날은 이처럼 요원한데, 하루가 다르게 발레용품 전문가가 되어 간다.

장비와 실력은 직접적인 상관이 없다. 장인은 보잘것없는 담뱃갑 은박지에라도 명작을 탄생시키는 사람이 아닌가. 하지만 비록 장비가 실력을 보장하지는 않을지라도 관심과 애정은 보장한다고 믿는다. 발레가 나에게 그저 운동이었다면, 집에 있는 요가 바지에 반소매 티셔츠를 대충 걸쳤을 것이다. 인터넷을 밤새 뒤지며 발에 꼭 맞는 슈즈를 찾는다든지, 관련 영상을 몇 번씩 보면서 머리를 탄탄하게 묶을 방법을 궁리하는 일은 벌어질 리 없다. 애정이 있다면 굳이 되고자 하지 않아도 자기도 모르는 사이에 그 분야의 '도구 전문가'가 된다.

지금 좋아하는 일을 하고 있는지 간단히 확인하려면, 도구를 보면 된다. 가슴 뛰는 일을 할 때만큼은 누구나 도구 선택에 신중해진다. 셰프의 본분은 주어진 재료로 최대한 맛있는 음식을 만드는 것이지만, 셰프들은 최고의 재료를 구하러 새벽부터 장에 가고, 이름이 새겨진 전용 칼을 애지중지한다. 좋은 식재료를 알아보는 식견과 주방 도구에 대한 이해도 또한 요리에 큰 역할을 하기 때문이다. 이는 요리에 애정이 있다면 차츰 자연스럽게 길러지는 능력이기도, 요리에 대한 존중이기도 하다.

반면에 시큰둥한 일을 할 때는 자기도 모르게 '아무래도 괜찮다.'라고 여기게 된다. 도구 따위는 별로 신경 쓰지도 않는다. 누가 나더러 일주일에 한 번씩 배드민턴을 치라고 한다면, 라켓 대여부터 알아볼 것 같다. 그게 마땅치 않으면 온라인 쇼핑몰에서 최저가 라켓을 알아볼 것이다. 옷도, 신발도 집에 있는 것 중에 대충 고르면 그만이다. 언젠가 애정이 생겨서 좋은 라켓을 가지고 싶어질 수도 있겠지만, 배드민턴 용품 전문가가 되는 길은 배드민턴 국가대표 선수가 되는 날만큼 멀어 보인다.

물론 장인은 도구 탓을 하지 않는다. 종이를 살 형편이 되지 않아 담뱃갑 은박지에 그림을 그린 화가의 이야기 앞에, 우리는 모두 숙연해진다.

그렇다. 장인은 열악한 상황 속에서도 굴하지 않고 열정을 다한다. 하지만 담뱃갑 은박지를 그림 도구로 사용하겠다는 생각은 아무나 하는 것이 아니다. 마른 나뭇잎이나 평평한 돌멩이, 주변에 굴러다니는 폐지를 구할 수도 있었을 그가, 굳이 은박지를 고른 것, 그리고 길이길이 빛날 명작을 남긴 것은 우연이 아니었으리라 확신한다.

그는 분명 주어진 환경 속에서 정성을 다해 최선의 도구를 골랐을 것이다. 자기가 사랑하는 일을 위해서 말이다.

없는 힘도 짜내는 힘

20대의 만년 고민은 진로였다. 쉽게 답을 내릴 수 없는 문제인 만큼 태반은 모른 체하며 미적거렸다. 미룰 만큼 미루다가 결정을 내려야만 하는 시기가 오면 주변 시선을 의식해 갈 길을 정했다. 운명을 끝내 받아들이겠다는 듯이 초연하고 무덤덤한 모습으로.

그 와중에 '공부하는 삶을 살겠다'며 일찌감치 대학원 진학을 결정한 친구가 있었다. 그는 한 주 내로 다 읽어야 한다는 두꺼운 책 몇 권을 들고는 상기된 표정을 지었다. 그를 보며 나도 대학원에 진학할까 잠깐 생각하기도 했지만, 교수가 된다는 보장도 없는 막연한 인고의 과정을 견딜 자신이 없었다.

하루는 친구에게 '불확실한 시간을 견디기로 결심한 계기가 무엇인지' 직접 물어보았는데 잊지 못할 답변이 돌아왔다.

"견디는 게 아니야. 그저 내 공부를 할 뿐이지. 지금은 학부생으로, 몇 년 뒤에는 대학원생으로. 언젠가는 이름 뒤에 붙는 직함이 '교수'로 바뀌겠지만, 내가 하는 일은 별로 달라지지 않아."

자기가 갈 길을 이미 알고 있는 친구의 담담함에 나는 머쓱하게 웃었다.

그 친구에게서 장인 정신을 느낀 것은 의외의 순간이었다. 기

말고사 대신 제출해야 하는 소논문 과제를 완성하기 위해 학교에 갔을 때였다. 기한에 딱 맞춰 과제를 내고 돌아오던 참이었다. 친구는 며칠 전에 이미 초안을 완성한 상태라고 했는데, 그날 마주치자 "나는 수정할 게 많아서 아무래도 오늘은 못 낼 것 같다."라며 도서관으로 발길을 돌렸다.

과제 처리 경력 11년 차에 깨달은 게 있다. 이번에는 잘 해 보려다가도, 머리 쓰기 귀찮고 힘들어지면 점점 그저 완성하는 것에 의의를 두게 된다는 것이다. 기한에 가까워질수록 어떤 평가를 받아도 상관없으니 그저 끝나기만 했으면 좋겠다고 생각한다. 결국 구색만 갖춘 형편 없는 과제를 교수님에게 폭탄 던지듯 내 버린다. 기한이 정해져 있다는 것은 더는 괴롭지 않아도 되는 좋은 핑곗거리였다.

한편 고칠 것이 남았다고 기한을 넘어서까지 고통을 감수하는 친구의 모습은 무척 놀라웠다. 게다가 그 과제는 하루 늦을 때마다 받을 수 있는 최고점이 한 등급씩 깎인다고 했다. 기한 내에 제출하면 최고 A+를 받을 수 있지만, 하루 늦게 제출하면 아무리 잘 썼어도 A0를 받게 되는 것이다. 제시간에 적당한 과제를 내서 A0를 받는 것과 잘 쓴 논문을 하루 늦게 완성해서 A0를 받는 것은 내 기준에 별 차이가 없었다. 반면 그 친구에게는 후자가 전자보다 훨씬 가치 있었을 것이다. 평가받는 것을 넘어서 스스로 흡족한 글을 쓰는 게 친구의 목표였을 테니 말이다.

자기 자신만 알 수 있는 미세한 차이를 위해
마지막까지 공을 들이는 것.
그게 장인 정신이 아니면 뭐겠는가.

묵묵히 자기 길을 걷는 그 친구는 아무도 없는 연말의 도서관에서 소논문에 숨을 불어넣었다. 아마 기꺼이 과제에 할애한 그 하루가 친구에게 괴롭지만은 않았으리라.

어떻게 되더라도 상관없는 마음으로 쓴 논문인지, 온 마음으로 신경 쓴 논문인지 결과만 놓고 구분하기는 어려울지도 모른다. 그렇지만 얼마큼 최선을 다했는지 세상이 모른대도 나 자신은 안다. 그 장인 정신이야말로 나를 더 몰입하게 하고, 풍요롭게 한다는 것도 말이다.

가슴 속에 품은 '○○'

어떤 이름은 인생에 너무 중요해서, 그 세 글자 없이는 내가 지나온 한 시기에 대해서 충분히 이야기할 수가 없다. 누구나 그런 이름 대여섯 개씩은 품고 있는 걸 보면, 아무리 몸부림쳐도 인생이 오롯이 자기 혼자만의 것은 아닌 모양이다.

그런 이름을 제일 많이 찾은 공간은 대학이었다. 애초에 정치외교학부로 과를 옮긴 것도 한 교양수업 강사님의 수업에 반해서였으니, 이름 석 자 때문에 전공을 바꾼 것이나 다름없었다. 감사하게도 대학을 다니는 동안 한 학기에 한 번씩은 꼭 기억에 남는 교수님을 만났다. 그 이름들 덕에 전과는 내 인생 최고로 잘한 선택 중 하나로 남았다. 졸업하고 나서도 그분들이 쓴 칼럼을 즐겨 읽는데, 전공을 떠나 먹고살고 있으면서도 지금껏 내 전공을 사랑하는 이유다.

나는 현실정치보다는 정치사상 분야를 좋아했지만 졸업하기 위해서는 어쩔 수 없이 현실정치 수업을 반드시 수강해야 했다. 잊을 수 없는 교수님 중 한 분을 만나게 된 건 바로 전공 필수 수업에서였다. 억지로 듣게 된 과목들이 대개 그렇듯이 이 수업은 재미있는 구석이 하나도 없었다. 게다가 어마어마한 과제량에 숨통이 조여 들어 갔다. 교수님은 한 학기 동안 내 삶의 질을 급격히 떨어뜨려 놓았다.

마지막 강의를 들으러 가는 길에는 드디어 끝났다는 생각에 마냥 홀가분했다. 가벼운 마음으로 찾은 강의실에서 교수님은 어딘지 결연한 표정을 짓고 계셨다. 그날 수업 주제는 '남북통일'이었다. 그간 수업이 역사나 이론 위주였다면, 그날은 교수님의 견해와 살아온 이야기가 유난히 많이 들어가 있었다.

몇 년 전까지 외교부에 계셨던 교수님은 통일 관련된 일을 하는 데 한평생을 바친 분이셨다. 숨소리 하나 들리지 않는 가운데 "나는 앞으로도 통일을 위해 살아갈 것입니다."라는 말로 수업이 끝났을 때, 학생들은 일제히 손뼉을 쳤다. 통일에 대한 각자의 입장을 떠나서, 그분은 오래도록 갈채를 받을 자격이 있었다. 한 사람이 뭔가를 위해 '인생을 바치겠다.'라고 자신 있게 말하는 것, 그리고 회색 머리 중년이 되도록 실제로 그런 삶을 사는 것은 보통 의지와 진정성으로 할 수 있는 일이 아니다.

짧은 마지막 인사였지만 교수님이 '자기 일'을 하며 살아온 사람이라는 것을 여실히 느꼈다. 그저 주어진 일을 하는 사람이 아니라, 자기 소명을 다하는 사람. 외교부에 근무하기 때문에 국가 사안 중 하나인 통일을 위해 힘쓰거나, 단지 교수이기 때문에 통일에 대해 강의한다면 그날 느낀 열정과 헌신은 찾아볼 수 없었을 것이다. 비록 고된 수업이었지만 마지막 수업 한 시간만으로 교수님은 내가 존경하는 사람 중에 한 분이 되었다.

자기 일이라는 데에 1%의 의심 없이, 진심으로 사랑하는 일을 하는 사람들에게서만 느껴지는 반짝거리는 기운이 있다. 그들은 거침없고, 확신에 차 있으며, 때때로 지칠지언정 결코 포기하는 법을 모른다. 교수님은 단연 그런 빛이 나는 사람이었다.

나는 간절히 바란다. 먼 훗날 회색 머리가 된 내가 "나는 ○○를 위해 살았습니다."라고 당당하게 회고할 수 있는 사람이기를. 그리하여 누군가의 가슴 속에 또 다른 '○○'를 심어 주는 이름 석 자가 될 수 있기를.

다양한 삶을 들여다보는 것

직장과 직책 그리고 명함이 생기면서 알게 된 사실이 있다. 전혀 다른 일을 하는 사람들에게 같은 직업 명칭이 붙여진다는 것이다. 일이 다양한 만큼 직업 이름은 다양하지 않아서 생기는 문제다. 아무리 그래도 '공무원', '회사원', '은행원' 같은 단어 안에 가늠할 수도 없을 만큼 다양한 사람이 뭉뚱그려지는 것은 좀 너무하다. 겉으로 보기에 같은 일을 하는 사람이라도 하나로 묶기 모호할 만큼, 사람 하는 일은 다양한데 말이다.

한 회사의 콘텐츠 팀에서 에디터로 일할 때였다. 모든 에디터가 콘텐츠 만드는 일을 했다. 같은 일을 하는 것처럼 보였을 테지만, 사실 에디터마다 일에 대해 아주 다른 생각을 가지고 있었다. '성과 좋은 콘텐츠 만들기'라는 같은 목표였으나, 정답이 없었기 때문에 각자 자기 방법으로 접근했다. 나는 콘텐츠가 잘 되려면 특색이 있어야 한다고 생각했기에 하나하나 공을 들였다. 반면 성공의 지름길이 '질 보다는 양'이라 여긴 한 동료는 효율적인 생산 시스템을 만드는 것에 더 신경 썼다. 내가 노트에 아이디어를 끄적일 때 동료는 엑셀 시트에 수치를 정리했다. 우리는 과연 같은 '에디터'였을까.

직업을 가져보기 전에는, 직업이 상품 같은 것인 줄 알았다. 마치 백화점에서 이것저것 따져보고 옷을 고르는 것처럼, 직업도 객관적인 장단점을 나열해 가며 선택하는 것이라고 생각했다. 누가 어떻게 걸쳐 입는지에 따라 같은 직업이라도 십인십색이 된다는 것을 미처 몰랐다. 어떤 태도와 마음가짐으로, 어떻게 일해 나가는지가 관건인 것을.

직업명이 일하는 사람을 다 담기에는 턱없이 부족하다는 것을 깨닫고부터는 명함에 적힌 직업보다도, 직업 너머의 삶에 관심을 가지게 되었다. 역시나 비슷한 일을 하는 것으로 보이던 사람들도 각자 천차만별의 삶을 살고 있었다.

어떤 문구점 사장님의 이야기다. 학교 앞에서 무뚝뚝한 표정으로 도화지를 둘둘 말아 주는 문구점 아저씨와는 거리가 좀 있다. 몇 해 전만 해도 이분은 문구류를 좋아하는 평범한 블로거였다. 어느 날 시중에 나와 있는 다이어리가 성에 안 차자 자기가 쓸 다이어리를 직접 디자인해서 제작한다. 세상에 한 권뿐인 그 다이어리를 보고는 블로그 구독자들이 구매 문의를 해왔고, 다음 해부터는 몇 권을 더 만들어 판매했다. 차츰 일이 커지자 아예 문구 브랜드를 론칭하고, 이후에는 매장까지 열었다. 문구점 존재 이유를 따지자면, '세상에 쓰고 싶은 문구가 없어서 직접 만들었다!'쯤이 되겠다.

세계 여행 경비 마련을 위해 단기로 일거리를 구한 프리랜서, 사직서 한 장을 늘 품고 다니는 마케터, 꿈의 회사로 이직할 작정으로 경력을 쌓는 회사원, 자기가 만든 아이스크림을 먹지 않는 아이스크림 회사 사장, 책보다는 커피를 좋아하는 서점

주인, 틈틈이 쓴 소설로 매해 신춘문예에 응모하는 독서실 아르바이트생 등등……

살아가는 모습을 들여다볼수록,
무수한 일 그리고 삶의 형태가 있음을 깨닫는다.

어떤 직업을 선택하느냐가 인생의 최대 고민이었을 때, 머릿속에 있는 직업 이름을 쭉 적어 보았던 적이 있었다. 생각보다 몇 개 되지 않자 숨이 막혔다. 주어진 선택지를 아무리 뜯어봐도 답처럼 보이는 게 하나도 없는 느낌이었다.

직접 세상에 나와 사람들 각자의 무수한 답안을 보고서야 사실은 길이 무한했음을 깨달았다. 이제는 이해한다. 내 답안은 나의 글씨체로 적어 가는 것임을.

유니콘의 비밀

처음 출근하던 날, 같은 팀에 작가 한 분이 계신다는 것을 알게 되고는 얼마나 기뻤는지 모른다. 작가라는 직업은 나에겐 '유니콘처럼 살아가는 것'과 다름없었는데, 소설로 등단까지 한 유니콘을 그것도 뜻밖의 장소인 IT 회사에서 직접 만난 것이다!

어디서 영감을 받고 어떻게 작업하는지부터, 작업이 잘 되는 공간, 하루의 루틴, 심지어는 잘 먹는 음식이나 신기한 습관, 좋아하는 색깔까지 모두 알고 싶었다. 나는 그분 주변을 알짱거리면서, 노트북 보는 자세나 말투 같은 것을 따라 하기도 했다. 작가님은 가끔 사적인 자리에서 본인의 다음 책에 대한 구상을 들려주었다. 회사에서 만난 사람 중 회사와는 상관없는 이후 커리어를 이야기하는 사람은 그분뿐이었다. 그게 또 멋져 보여서 나 역시 그런 자립심을 가지리라 다짐했다.

하루는 저녁 회식 후 남은 몇 사람끼리 맥주 한잔을 더 하기로 했다. 회식이나 술자리는 '피할 수 있으면 피하자'는 주의지만 작가님이 가신다기에 냉큼 남았다. 여름밤의 축축한 바람에 취해, 작가님은 문학을 처음 접했던 젊은 시절 이야기를 들려주셨다. 선배 작가들과 밤마다 술 마시며 몰려다니면서 문학을 배웠다는 무용담을 늘어놓았다. 테이블에 놓인 작고 노란 양초 덕분인지 작가님의 뿌연 담배 연기 덕분인지 그 얘기까지도 낭만적으로 들렸다. 그러나 혼자 집에 돌아가는 길에 심란한 마음이 일기 시작했다. 우르르 몰려다니기를 잘 못하고, 더욱이 술은 거의 못 마시고, 밤에는 집에 있는 게 편한 나에게, 작가가 되기 위한 기본 소양이나 자격이 없는 건 아닐까 싶었다.

그런 나도 작가가 될 수 있을까 고민하던 중 만나게 된 책이 무라카미 하루키의《직업으로서의 소설가》였다. 무라카미 하루키가 소설가로서 자기 일에 대해 쓴 글을 모두 읽은 뒤에야 나는 조금 안도할 수 있었다. 그는 뛰어난 작가이기 이전에 굉장히 성실한 사람이다. 그의 일상은 차분히 정돈되어 있다. 특히 글은 하루 중 가장 밝은 시간대에 가장 맑은 정신으로 쓴다고 한다.

"이사크 디네센은 '나는 희망도 절망도 없이 매일매일 조금씩 씁니다.'라고 했습니다. 그와 마찬가지로 나는 매일매일 20매의 원고를 씁니다. 아주 담담하게. '희망도 절망도 없다.'는 실로 훌륭한 표현입니다. 아침 일찍 일어나 커피를 내리고 네 시간이나 다섯 시간, 책상을 마주합니다."*

내가 찾아 헤맨 작가의 비밀은, 사실 별것 없는지도 모르겠다. 어떤 작가는 낙천적인 성격에 사교성이 좋고, 어떤 작가는 불도 안 켠 어두운 방에서 매일 울다 잠들고, 어떤 작가는 작업

---

* 무라카미 하루키 지음, 양윤옥 옮김,《직업으로서의 소설가》, 현대문학, 2016.

을 시작하기 전에 관 속에 들어갔다 나온다. 그런 개별성에도 불구하고 셋 다 작가라 불린다. 누구는 늦은 밤 술김에 글을 쓸 테고, 누구는 모두 잠든 이른 새벽에 남몰래 타자기를 두드릴지 모른다. 그렇지만 작가라면 누구나, 어제도, 그저께도 글을 썼고, 오늘도, 내일도 어김없이 쓸 것이다.

유니콘이 되려면 매일 유니콘으로 살면 된다.
작가가 되고 싶으면 매일 작가로 살면 되는데,
그 말인즉 매일 글을 쓰면 되는 것이다.

되고자 하는 것이 있다면, 매일 그 모습으로 살자.
그것이 유니콘의 비밀이다.

글을 쓴다

내 깊은 마음까지도
알아봐 줘
진짜 내 모습을
찾아줘
나를
알아줘
나를 이해해줘
궁금해해줘
실망하지
말아줘
그러고도 날 사랑해줘

출판사에서 연락해 온 것은 내가 몇 년째 인스타그램에 연재하는 '토끼툰'을 보고서였다. 첫 미팅에서 편집자님은 두어 장짜리 기획안을 건네주셨다. 표지에는 내 그림이 인쇄되어 있었다. 글도 써 줄 수 있겠느냐고 물으시기에, 호기롭게 "저도 원하던 바입니다."라고 했다. 글을 쓰고 싶었던 것도 사실이지만, 설혹 편집자님이 지금 앞구르기 좀 해 줄 수 있겠느냐 하였더라도 그 자리에서 앞구르기에 뒤구르기까지 했을 것이다. 세상에 김토끼를 위해 노력하는 건 나 하나뿐이었는데, 누군가 함께 뛰어준다는 것이 너무도 감격스러웠기 때문이다.

돌아가는 길에 계약서와 기획안을 담을 예쁜 파일을 샀다. 집에 도착하자마자 노트북을 켜고, '첫 출판'이라는 제목의 파일을 만들었다. 하지만 달콤한 감동도 잠시, 바로 다음 날부터 걱정에 휩싸였다. 평상시 좋아하던 에세이를 수없이 들춰 보며 몇 날 며칠을 끙끙거렸다. 원고는 몇 주 동안 첫 페이지를 넘어가질 못했다. 쓰던 원고를 통째로 휴지통에 넣어 버리고 새롭게 파일을 만들기도 두 차례.

그토록 한 문장 쓰기가 두려웠던 것은, 이미 내 안에 있는 것에서 벗어날 수 없다는 사실을 잘 알고 있었기 때문이었다. 아무리 최선을 다해도 글은 결코 나를 넘지 못하고, 글에는 나의 모든 것이 낱낱이 드러난다. 고민의 시간, 경험의 폭, 생각의 깊이, 그리고 그간 글을 써온 내공까지. 모두 드러나고 말리라는 불안감이 엄습해 오니 도무지 손가락이 움직이질 않았다. 게다가 좋은 책이 나오기를 간절히 바라며 함께 힘써 주는 사람이 몇 명인가. 내 능력은 이 정도밖에 안 되니 배 째라며 벌러덩 드러누워 버릴 수도 없었다.

두려워하다가 겨우 이겨내 글 몇 편을 쓰고, 또다시 벌벌 떨기를 여러 번 반복했다. 어쩌다 제법 그럴듯한 글을 쓰기도 했는데, 그날은 잠들기 전까지 마음이 둥둥거렸다. 흰 화면, 흰 종이를 그저 오랫동안 바라만 보고 있는 날이면 겨우 이것밖에 못 쓰냐며 나를 원망하기도 했다.

'이대로만 하면 돼!'의 날들과
'이대로 괜찮은 걸까?'의 날들,
'이대로는 안 될거야.'의 날들이 번갈아 가며 찾아왔다.

글을 쓴다는 것은 들통날까 봐 전전긍긍하며 꽁꽁 숨겨 두었던 나의 세계를 한 꺼풀씩 벗겨내는 일이다. 그러지 않고서는 한 발자국도, 한 문장도 나아갈 수 없다. 이젠 용기를 내보려 한다.

내가 꿈꾸는 인생

우리는 서로 다른 것을 동경하면서도 종종 같은 길 위에서 괴로워한다. 같은 것을 바란다고 착각하기 때문이다. 넓은 집, 근사한 차, 비싼 가방 같은 '좋은 것'들 말이다. 그도 그럴 만한 것이 방이 부족한 것보다는 남는 게 좋고, 이왕이면 비싼 차를 타고 싶고, 가격표를 보지 않고 백화점 1층에서 가방을 사는 짜릿함도 만끽하고 싶다. 좋은 건 좋은 거니까.

게다가 적어도 남들처럼은 해 놓고 살아야 한다는 강박에, 자꾸만 안간힘을 쓰게 된다. 하지만 그렇게 겨우 손에 쥔 생활은 상상만큼 좋지 않았다. 오히려 금방이라도 비극이 닥쳐올 것처럼 불안했다. 그럭저럭 남들처럼 살아 내고 있음에 안도하는 내 모습은 이미 죽은 것처럼 생기가 없었다. 앞날이 기대되지 않았고, 대체 뭘 위해 사는 것인지 모를 지경으로 정신이 없었다.

꾸역꾸역 직장을 다니는 동안 나는 뭐에 씐 듯한 생활을 했다. 회사에서 일하면 다달이 통장에 돈이 들어왔다. 그 돈으로 제일 먼저 하는 건 비싼 월세를 내는 것이었다. 회사 갈 때마다 드는 교통비도 냈다. 계절마다 좋은 옷, 신발, 가방 같은 것도 샀는데, 휴일에는 집에서 뻗어 지냈으니 회사 갈 때 필요한 것을 사는 거나 다름없었다. 일하다 스트레스가 쌓일 때면 인터넷 쇼핑으로 아무거나 사들였다. 퇴근했을 때 문 앞에 놓인 택배 상자만큼 커다란 위로는 없었다. 계속 앉아 있는 생활을 하니 몸도 안 좋아졌다. 그간 별로 다녀 본 적 없는 병원을 드나들면서 돈을 또 썼다. 그렇게, 회사에서 받은 돈으로 건강을 유지하며 또다시 힘내서 회사에 다녔다.

뭔가 단단히 잘못됐다. 차분히 생각해 보면, 나는 좋은 옷 입고 꼬박꼬박 출근하는 삶을 바란 게 아니었다. 그리고 싶을 때 그리고, 쓰고 싶을 때 쓰고, 먹고 싶을 때 먹고, 자고 싶을 때 자는 게 내가 늘 원하던 삶의 모습이다.

간단한 실험을 해 보자. 바라는 생활을 할 수 있다면 월급을 얼마까지 포기할 수 있을까. 50만 원 깎는다면? 100만 원 깎는다면? 별 고민 없이 결론에 이를 수 있었다. 아주 최소한의 생활비만 벌 수 있다면 나는 망설임 없이 동경하는 삶을 택할 것이다.

조직을 벗어난 지금, 바라던 대로 먹고 자고 쓰고 그린다. 벌이가 완전히 달라졌으니 회사에서 벌 때처럼 소비하지 못한다. 사실 그만큼 돈이 필요하지도 않다. 회사 근처 비싼 월세방이나, 교통비나, 회사 갈 때 입을 깔끔한 옷 같은 것이 더는 필요치 않다. 그림 그릴 때는 가진 옷 중 제일 낡고 편한 옷을 골라 입는데, 거의 매일 같은 옷이다. 스트레스를 크게 받지도 않아서 돈이라도 써서 보상받아야겠다는 기분이 드는 일도 별로 없다.

언제까지 이런 삶을 유지할 수 있을지 솔직히 잘 모르겠다.

다시 회사에 다니면서 매일 번듯한 옷을 입어야 하는 날이 올 수도 있다. 그렇지만 그렇게 사는 동안에도, 내가 동경하는 삶이 무엇으로 이루어져 있는지는 잊지 말아야겠다고 다짐한다.

수고했어요

'추종'이 보통 좋은 뜻으로 쓰이는 단어는 아니지만, 어쩔 수 없이 이렇게 말해야겠다. 나는 몇몇 사람을 격렬히 추종하고 있다고. 작가나 가수, 운동선수부터 사회활동가나 기업인까지, 분야는 다양하다. 그들이 새로운 활동을 하면 묻지도 따지지도 않고 달려가서 소비한다. 취향은 참 변함이 없어서, 매번 처음 그들을 좋아하게 되었을 때처럼 감격한다.

그리고 '제발 오래 일해 주세요! 더 해 주세요! 더요! 더!' 하고 마음속으로 고래고래 소리친다. 그들에게 일이 성취와 기쁨인지, 수명을 깎아 먹는 듯한 고통인지 나는 모른다. 하지만 추종자 입장에서는 그들이 힘내 주는 게, 계속 그 일을 해 주는 게 최고로 고맙다. 그래서 나는 오늘도 많은 이름을 응원한다.

그들은 최고의 동기부여가 되어 주기도 한다. 단지 그들의 존재를 확인하는 것만으로도, 일에 대한 의욕이 믿을 수 없을 만큼 충만해진다. 열심히 일해 준 그들 덕에 행복을 누린 게 너무나 고마운 나머지, 나도 최선을 다하겠다고 결심하게 되는 것이다. 할 수 있는 일을 다만 성실히 한 것이 세상 어딘가에 기쁨으로 닿을 수 있다면 마땅히 해야 하지 않을까.

사람이 사람에게 줄 수 있는 영감과 행복이 어마어마하긴 한 모양이다. 그저 세상이 허락하는 한 놀고먹고 싶던 나를 번번이 일어나게 하는 건 당근도 채찍도 아닌 '사람'인 걸 보면.

그러니 부디 모두 몸도 마음도 건강해서
오랫동안 힘내 줬으면,
세상을 밝혀 줬으면 좋겠다.

염치 불고하지만 계속 수고해 주세요!

진짜 바라는건
이루어진단다
이룰때까지
바라니까!

합리성은 유용하지만
가슴 뛰는 건 낭만이다!

으..
으....
내가 하는 모든 것들
결국 나 좋으려고 하는건데
너무 스트레스 받지 말자!

에필로그

이 책은 엄마가 숨을 거둔 도시에서 썼다. 밴쿠버의 한 예술대학에서 미술 공부를 하며 엄마가 살던 곳을 정리하면서 틈틈이, 틈틈이. 이런 상황에서 첫 책을 쓰리라고는 상상조차 해 본 적 없으니 인생은 단 한 순간도 알 수가 없다.

이토록 이해할 수 없는 인생이지만
나는 '골치 아프지 않게'
'하고 싶은 것을 하면서' 살고 싶다.

이 책을 그런 삶을 꾸리기 위해 겨우 걸음마를 배우고 있는 사람의 이야기 정도로 여겨 줬으면 한다. 사적인 이야기일지라도 책을 끝까지 읽은 당신에게 아주 조금이라도 도움이 됐다면 더할 나위 없이 좋겠다.

처음 해 보는 책 작업은 낯설고 버거웠다. 큰 벽 하나를 간신히 넘으면, 눈앞에 다음 벽이 있었다. 그렇게 수없이 많은 벽이 자꾸만 나타났다. 게다가 인생 가장 어두운 나날에 글을 쓰는 건 결코 쉬운 일이 아니었다.

그렇지만 한편으로는 이 책 덕분에 가장 힘든 시기를 그나마 '골치 아프지 않게', '하고 싶은 것을 하면서' 보낼 수 있었다.

나를 있게 해 준 모든 것에 감사한다.

2019년 봄,

지수

내가 내 몫을 다하고
나도 내 몫을 다 할 때
비로소 '우리'가
완성 된다.

부록

토끼툰의 모든 것

그동안 많은 분들이 보내 주신 질문을
Q&A 형식으로 정리해 보았습니다.

Q. 소재는 어디서 찾나요?

A. 일상 속에서 불쑥 일어나는 감정이나 주변 사람과의 대화에서 주로 찾습니다. 기쁠 때보다는 우울하거나 힘들 때 좋은 아이디어가 더 많이 떠오릅니다. 예를 들어, 야근으로 모두 지쳐 있을 때 누군가 던진 농담에 웃음을 터뜨리는 모습에 주목하는 것과 같습니다.

다만, 우울함을 우울함 그대로 나타내기보다는 긍정적인 옷을 입히려고 합니다. 사람들에게 심심한 위로와 소소한 기쁨을 전해 주고 싶기 때문입니다.

Q. 아이디어는 어떻게 정리하나요?

A. 언제 어디서든 아이디어가 떠오를 수 있어서 늘 작은 수첩을 소지합니다. 재미있는 아이디어가 생기면, 간단하게 스케치를 해 두거나 떠오르는 문구를 적어 둡니다. 그렇게 하다 보니 어느새 10권의 아이디어 노트가 생겼습니다.

수첩을 꺼내기 힘들 때는 핸드폰 메모장에 간단히 써 두기도 합니다.

떠오른 아이디어는 그날 바로 작업하기도 합니다. 반면 아이디어가 추상적이어서 구체적인 그림이나 문구가 떠오르지 않을 때는 오랫동안 숙성시킵니다. 자주 보다 보면 언젠가는 떠오릅니다.

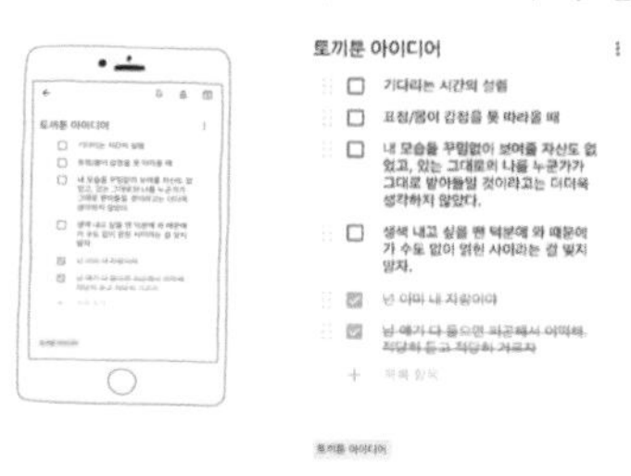

Q. 도구는 무엇을 쓰나요?

A. 아이패드 프로의 'Procreate'라는 유료 앱으로 작업합니다. 전자기기로 그림을 그리면 언제든 '뒤로 가기'를 할 수 있어서 초보자가 쓰기에 좋습니다. 컴퓨터로 옮기지 않아도 되고 아이패드 안에서 작업을 끝낼 수 있어서 밖에서도 충분히 작업할 수 있습니다. 실제로 바쁠 때는 버스 안에서 그리기도 합니다. 얇은 펜을 오래 잡으면 손목에 무리가 간다는 말을 듣고, 애플 펜슬에는 말랑거리는 보호 그립을 끼워 두었습니다.

Q. 그림 작업은 어떻게 이루어지나요?

A. 떠오른 아이디어를 수첩에 여러 버전으로 그려 봅니다. 문구도, 그림도 여러 안 중 가장 쉬우면서도 공감하기 좋은 것으로 고릅니다. 내가 보기에 조금 복잡하거나 난해하다 싶은 것이 남들이 보기에는 상당히 혼란스러운 경우가 많습니다. 그래서 최대한 간단하고 명료한 것을 선택합니다. 결정되면 아이패드에 옮겨 그립니다.

Q. SNS는 어떤 방식으로 운영하나요?

A. 그림이 완성되면 인스타그램과 페이스북 페이지에 올립니다. 토끼툰은 4년 전 인스타그램에서 시작했고, 페이스북 페이지는 운영한 지 2년 정도 되었습니다. 페이스북 페이지의 경우 인스타그램과는 달리 링크를 올릴 수 있어서, 홈페이지나 이모티콘 샵 등으로 사람들을 쉽게 유입시킬 수 있다는 장점이 있습니다.

페이스북 페이지와 인스타그램에서 반응이 좋은 콘텐츠는 각각 성향이 굉장히 다릅니다. 페이스북의 경우 친구들을 태그하기 좋은, 인간관계에 관련된 콘텐츠가 주로 반응이 좋고, 인스타그램의 경우 개인적인 성찰이나 감성이 담긴 콘텐츠들이 인기가 많습니다.

Q. 토끼툰은 언제까지 연재할 예정인가요?

A. '하고 싶은 이야기'를 '어떤 방식'으로 전달하느냐가 관건인데, 이야기를 담을 방법으로 처음 택한 것이 토끼툰이었습니다. 당시로서는 최선이었지만, 지금은 가장 잘 맞는 '방식'을 찾아가는 과정에 있습니다. 회화는 어떨지, 에세이는 어떨지, 소설은 어떨지, 영상은 또 어떨지 다방면으로 배우고 새롭게 경험하는 중입니다. 직접 해 보지 않고는 어떤 매체가 제 목소리를 잘 담아 주고, 또 사람들에게 효과적으로 닿을 수 있는지 알 수 없기 때문입니다.

그렇지만 모든 일의 시작이었던 토끼툰에 커다란 애착을 가지고 있습니다. 언젠가 완전히 다른 그릇에 제 이야기를 담게 되는 날이 올 수도 있지만, 토끼툰을 놓을 생각을 해 본 적은 없습니다. 그동안 김토끼 캐릭터 생김새도, 전하는 이야기도 조금씩 변해 온 것처럼, 토끼툰의 틀을 다듬고 보완해 가며 오랫동안 연재하고 싶습니다.

충분히 잘해왔어
쭉 그럴거고
그러니까
숨찰땐
좀 쉬어 가!
세상이
험난하더라도
너를 잃지마
그러다
또 걷자,
우리 함께
넌 특별하고
멋있는 존재야
하나밖에
없는!!
마음껏 너답게
살아보는거야

기쁠 땐 함께 기뻐할게
행복을 누려!
힘들 땐 쉬어가
우울할 땐 내게 기대 울어도 돼
네 몫의 행운은 언제나 여기 남겨둘거야
넌 좋은 걸 누릴 자격이 있어
나는 언제나 네 편이야

사랑해
소중해, 너는
수고했어
잘한거야
역시
최고야
굳
굿
넌 꼭
필요한
사람이야
좋았어!
이대로면
딱 좋아!
언제부터
이렇게
똑똑했나?
최고
나랑
떡볶이
먹을래?
오늘도
수고 많았어
난
널 믿어
좋아
짱이야
사랑해
늘 고마워

나의 판타지에 함께해 준 모든 이들에게

하고 싶은 것 하면서, 좋아하는 사람들과 함께, 너무 스트레스받지 않고 살아가는 것 — 이런 이야기를 줄줄 늘어놓았지만, 사실 이보다 맹랑한 판타지도 없을 거예요. 아름다운 동화 속 주인공의 삶이라도 나름대로 곡절이 있고, 갈등이 있고, 위기가 있기 마련인데, 하물며 위협이 가득한 이 세상에서 우리의 삶은 매 순간 위태로울 수밖에 없어요.

분명히 실패하겠지요. 마지못해 잔뜩 찌푸린 얼굴로 책상에 앉는 순간이 많을 것이고, 알람 시계는 우리의 영원한 원수일 거예요. 꼴도 보기 싫은 얼굴에 얼음물이라도 부어 주고 싶은 충동을 간신히 참으며 억지 미소를 짓는 날도 자주 찾아올 거예요.

그런 밤에는 이불을 푹 뒤집어쓰고 오지 않는 잠을 기다리며, 몰래 눈물 몇 방울 흘릴지도 몰라요. 편두통, 소화불량, 불면증을 호소하면, 사실은 똑같은 증상을 겪고 있는 의사 선생님이 이리저리 검사지를 살펴보고는 "스트레스 때문입니다."라고 얘기해 줄 테지요.

판타지는 괜히 판타지가 아니니까, 현실은 괜히 현실이 아니니까, 판타지는 현실 앞에서 무참히 패배하고 말 거예요. 깨질 수밖에 없지만, 산산이 조각날 것을 이미 잘 알고 있지만, 그럼에도 현실의 척박함으로부터 인생을 단 한 발자국이라도 옮기는 힘은 판타지에 있다고 믿어요. 곳곳에 숨은 행복을 찾을 수 있게 하는 힘도, 검은색 속에서 빨간색을, 파란색을, 노란색을 보게 하는 힘도, 힘든 순간을 기꺼이 버텨낼 수 있게 하는 힘도.

그러니까, 말도 안 되는 꿈을 마음껏 꾸고,
정성껏 간직하고,
소중히 가꾸며 꿋꿋하게 살아가자는 것이에요.

우리, 판타지만은 절대 잃지 말자고요!

그럴 땐
바로 토끼시죠

초판 1쇄 발행 2019년 5월 6일
3쇄 발행 2021년 6월 2일

지은이 지수
펴낸이 이광재

책임편집 김미라 **편집** 오지은
디자인 이창주 **마케팅** 정가현
영업 노시영, 허남

펴낸곳 카멜북스 **출판등록** 제311-2012-000068호
주소 서울 마포구 성지길 25 보광빌딩 2층
전화 02-3144-7113 **팩스** 02-6442-8610 **이메일** camelbook@naver.com
홈페이지 www.camelbooks.co.kr **페이스북** www.facebook.com/camelbooks
인스타그램 www.instagram.com/camelbook

ISBN 978-89-98599-52-2 (03810)

• 책 가격은 뒤표지에 있습니다.
• 파본은 구입하신 서점에서 교환해 드립니다.

• 이 도서의 국립중앙도서관 출판예정도서목록(CIP)은 서지정보유통지원시스템 홈페이지(http://seoji.nl.go.kr)와 국가자료공동목록시스템(http://www.nl.go.kr/kolisnet)에서 이용하실 수 있습니다. (CIP제어번호 : CIP2019015861)